AQUARIUS

AQUARIUS

AQUARIUS

AQUARIUS

Vision

一些人物，
一些視野，
一些觀點，
與一個全新的遠景！

空中老爺的日常
【資深座艙長】
空中老爺

# 目錄

Contents

## PART 1 這位旅客，您有事嗎？

## 空中老爺的日常

## PART 2
# 三萬五千英尺高空，看見愛



Contents

## PART 3 史上最密閉的職場空間



Contents

# PART 1
# 這位旅客，您有事嗎？

空中老爺的日常

# 下人總管

## 莫名其妙遭辱罵

一九九九年通過公司的考試後，我成為座艙長。

多年來，我喜歡和一群快樂的同事一起飛行，也常因某個快樂的服務航班而開心，但天空的事變化萬千，有時快樂只是想像，當事與願違，也只有好好面對。

空服員這份工作的好處，就是下了飛機便能把不愉快忘掉，因為即使下次再碰到類似的事件也要很久以後了。

那一次是從東京前往台北，航程不過三個多小時，對我來說是個超簡單的航班。很多和我一樣來自台灣的老同事都覺得，能夠服務回台灣的旅客是一件很愉悅的事。

飛行途中，看到頭等艙的服務很順利，暫時用不到座艙長，我便去商務艙協助。沒想到才剛通過布簾踏進商務艙，就遇到狀況。

「你，過來！」

一位女乘客很生氣地召我過去，語氣像在叫小狗一樣。是坐在十二D的客人。我立刻走過去，都還沒開口，這位女士指著她桌上的餐盤便開始破口大罵：「不要臉！下流！年紀那麼大還在那裡端盤子！我們要的是日本餐，為什麼送雞肉給我們？」

接著對坐在隔壁的丈夫說：「我都叫我們兒子絕對不要來做這種下人的工作。你看他（指我）都那麼老了，還在那裡當下人端盤子，真的是不要臉、無恥、下流！」

可以想見當時有多少台灣旅客坐在她的前後左右，聽見她如此瘋狂的謾罵。周遭的老外就算聽不懂，也因她那高分貝的怒罵聲而盯著她看。

我對這位女士沒有任何性騷擾，何以用「無恥」、「下流」來稱呼我？我沒偷、沒搶，雖然年齡是大了點，但何以稱我為「不要臉的下人」？重點是，我完全不解這份怒氣從何而來，嚴重到要這樣罵人，甚至還沒搞清楚自己是哪裡得罪了人，就被冠上「無恥、下流、不要臉的下人」的臭名。

但我僅平靜地回應：「女士，讓我回去了解到底是哪邊出錯了。」

至於那些侮辱的言論，我決定先不理會。

## 「下人」座艙長

到廚房問了負責的同事後才知道，原來導火線是這位女士原本要點的日式餐沒有了。

公司的會員類別，從基本會員、銀卡、金卡、白金卡、1K會員到全球卡，統稱為「高卡會員」。由於選餐是以享有公司高卡會員權益的旅客為優先，但這位女乘客都不是，因此在高卡會員先選完了之後，她別無選擇，只有雞肉餐可用，當同事準備去告知她時，卻遇上氣流不穩，機長要求大家坐到機組員的「跳椅」上。接著一陣忙碌，竟把這件事給忘了。

或許她拿到餐點時發現不符，因而心生不滿，這也是情有可原，但當下她沒告訴我的同事，後來卻對著不知情的我發火。

真的有那麼嚴重嗎？

身為座艙長，我只好忍著趨前向她解釋。坐在女士身邊的丈夫可以了解，她卻得理不饒人，再度砲火猛烈地對我做人身攻擊。

「我就說你不要臉，這樣老的年紀還要在那裡低聲下氣地當下人。你就是不要臉！你就是無恥！我最看不慣你這種下人了！」

我回應：「因為我們公司的餐點而讓您不滿意之處，我在此代表公司向您道歉。但對於我的人身攻擊，我想您欠我一個道歉。」

她火力更猛了，說：「你就是個下人，要什麼道歉？不要臉！無恥！」

一旁的丈夫看不下去了，對她說：「你太超過了，該停了。」她才停止。

而經丈夫這樣一制止，這位瘋狂女乘客大概也知道自己太超過了，在我離開後，她走到一位同事身旁，偷偷問她：「你們座艙長在哪裡？還有，那個和我對話的老頭子又是誰？」

「我們座艙長？就是剛剛被你叫『下人』的那位。他是我們的『下人總管』。」同事戲謔地回答，從此這也成了我的經典稱號。

想像得到這位女乘客頓時驚嚇的樣子嗎？臉上三條線啦！

**下機後，人生繼續走下去**

機上乘客對於空服員的任何言語攻擊，都是會影響飛安的，所以當下我離開爭端現場，去向機長報告這件事。原本是希望降落桃園機場的時候，讓航警來處理，但當班的機長一方面不願鬧到航警知道，一方面也因為不想延誤乘客下機及組員的休息，所以最後他選擇息事寧人。

在機上，機長是老大，如果他不相挺，那我也不能多說話。我想，那天我是不幸碰到了一個沒肩膀的機長。

不過，飛了這麼多年，被乘客這樣瘋言瘋語地罵到不是人，倒是第一次。我告訴自己，我不會對狂叫的野狗反擊，所以也就不在意了。

飛機上多的是這樣的惡客，但下機之後，我的人生還是要走下去的，不是嗎？

空中老爺的日常

# 寶媽咪，飛機沒有博愛座

## 從兩則新聞說起

颱風天，由於社區電梯故障，一名孕婦要求維修師傅必須在十分鐘內趕到並修好電梯，因為她是孕婦不能走樓梯，否則她就要客訴——只因她是「孕婦」。

這當然相當不合理，沒想到事後，維修公司的主管竟真的接受這種莫名其妙的客訴，而處罰了維修師傅。直到他的妻子把事情公布在網路媒體後，公司迫於輿論壓力，才收回了這樣不合理的處罰。

孕婦真的很辛苦，需要人們更多的關心及協助，但是，如果只是一味地聽從這種所謂「奧客」的無理要求，最後，很可能會出事啊！

有個孕婦搭火車，買了站票，上了車，坐了別人的座位，而當這個座位的主人上車後要求她還回座位，她卻覺得對方「沒有同理心」，將事件經過錄影公布在網路上，想要博得大眾的同情。

沒想到，那個買了座位的乘客也是名孕婦，她知道要給她寶寶安全的環境，所以她買了座位。最後這個指責別人沒有同理心的孕婦討拍不成，反而成為輿論批評的對象。

孕婦真的很辛苦，真的需要人們更多的關懷，但這種「有己無人」的態度，卻完全無法得到大家正面的關心，反而成為眾人所指，因為自私、貪心的人性，真的不值得學習。

這兩則都是曾引發熱門討論的新聞。而我也有過一段與準媽媽相關的親身經歷，那是某一趟由東京飛往台北的航班。

空中老爺的日常

## 孕婦小姐的莫名要求

這是一班七七七的飛機，頭等艙和商務艙客滿，經濟艙還有零星幾個空位。

我是當班的座艙長，由於是前往台北，在廣播中，我提到自己來自台灣，可以用中文溝通。畢竟是飛自己的家鄉，希望讓機上的乘客多安心一些，如果有任何需要協助的地方，不需要擔心語言上的障礙。

起飛後，達到了巡航高度，各艙等開始要準備餐點服務了。當我剛跨過商務艙，要前往經濟艙時，有位小姐攔下了我。她看起來不到三十歲，聽口音是台灣人。

「小姐，不知您有什麼地方需要協助嗎？」我問。

「你是座艙長？」她反問我。

「是的，我是本班的座艙長空中老爺。有什麼可以替您服務的嗎？」

她說：「我有事必須向你反映。」

「這樣啊，那方便借一步到我們的廚房說嗎？以免打擾到其他乘客。」我做出回應。

在飛機上，遇到乘客有問題要反映時，我通常會請他們到廚房大肆抱怨發洩，而不是在機艙走道大小聲，以免影響到其他乘客。但這位小姐似乎是一定要所有乘客都聽到她的訴求，所以堅持在商務艙的走道陳情，我也只好順著她的意。

她說：「我是孕婦！」

「是喔，真的看不出來，您的身材還是很美好。不過如果懷孕是您想要的，那真的要恭喜您。」

我回以祝福。

她又說：「我是孕婦！我懷孕四個月了！」

「那很好，很棒，恭喜您。」

我也再次祝福。

小姐有點不耐煩，口氣很不好地說：「我是孕婦！我是孕婦！我是孕婦！我應該坐在商務艙。你們商務艙應該有博愛座是讓孕婦坐的啊！你怎麼沒安排我坐到商務艙?!」

小姐說得莫名其妙，我也聽得糊塗了。

## 博愛座（priority seat）≠商務艙的priority（優先權）

「商務艙？博愛座？是啊，商務艙乘客是比經濟艙有更多的priority（優先權），因為他們都有付較多的錢。至於您所謂捷運上的『博愛座』（priority seat），和商務艙有priority是不同的。」

我終於明白了小姐說的「博愛座」，但試著化解不必要的尷尬。

她大聲說：「我是孕婦！孕婦很辛苦的，你不知道嗎？」

小姐，孕婦真的很辛苦，但是讓你懷孕的不是我啊！你這樣動怒會影響到肚子裡的小baby喔！有什麼需要幫忙的，請你好好說。

她繼續說：「我是孕婦！搭別家航空公司，他們的商務艙都有博愛座，他們會因為我是孕婦，讓我坐在商務艙。可是你們公司怎麼服務這樣差，完全沒有把我放在商務艙的博愛座，還要我親自來這裡和你吵。服務太爛了，我一定要投訴你們公司！」

你就直說想要免費升等到商務艙吧，還玩這一套！

「小姐，別家航空公司怎樣對您，我是不清楚。但是，我或者機上的所有工作人員都沒有人知道您是孕婦。還有，機上是有商務艙，但沒有博愛座，這點您可能有誤解喔！」

其實和你說這麼多幹什麼？你就是來「盧」的啊！但基於專業又不願造成糾紛，我還是耐心地恭敬回答。

她仍然堅持著說：「我是孕婦！你們有沒有同理心？有沒有同情心？讓我坐在那狹小的經濟艙，很不舒服耶！」

我解釋：「您看到了，這商務艙每個位子都坐了人，這每個座位都是他們多付費才能享用的舒適位子。為了您小寶貝的安全舒適，建議您下次搭飛機時，可以買商務艙的座位喔！」

## 幽默廣播，讓寶媽咪知難而退

眼看用了所有招數，就是沒有機會坐到舒服的商務艙，她為了自己的利益，指著我更大聲地說：「我是孕婦，我是孕婦耶！這些坐在商務艙的人竟然一點同情心都沒有，沒有人要讓位給我這可憐的孕婦。你去給我廣播！去尋找有愛心、願意讓位的好人。我不相信，一定有人會讓位的。」

我勸說：「小姐，這樣的廣播不是太恰當。我沒有任何權力去要求乘客讓座給您，這是他們多花錢才可以享受到的啊！」

但不管我說得再多，這位小姐還是很任性，很霸氣。

「我不管，我是孕婦！你們應該要有同情心讓我坐在博愛座。去給我廣播，一定有人會讓位。我是孕婦！」

這種莫名其妙的廣播可能會讓商務艙的乘客不悅，而且這真是不專業的廣播。但眼前這位很「盧」的孕婦小姐，光靠柔性勸阻似乎無法讓她打退堂鼓，回到屬於她的經濟艙座位去……好吧！我們這家老美航空也沒特別規定什麼廣播不能做的。

我向她確認：「小姐，您確定要我做這樣的廣播嗎？」

我心想：等一下被打臉的是你自己。

她回答：「去給我廣播！我不相信你們這些人這麼沒有同理心，不願讓個博愛座給我這個孕婦。」

她指著商務艙的乘客說。看得出來，商務艙的旅客們也對這位小姐的言行覺得反感。

好吧，既然這位小姐自己不怕丟臉，我就應她的要求，在商務艙做了中、英文廣播：「各位商務艙的旅客，目前有位來自經濟艙、懷胎四個月的孕婦小姐，基於讓她的胎兒感到舒適，必須乘坐商務艙的博愛座。任何善心人士願意讓位的話，這名四個月的胎兒及寶寶的媽咪會無限感激。」

我試著用「胎兒會感激」（the fetus will thank you）這種比較俏皮的用字、比較幽默的方式，希望不會讓商務艙的乘客太反感。

或許有人覺得這麼做極度不專業、不恰當，但是沒見過的、沒聽過的並不代表就是錯的，而在那當下，這是我覺得可以讓這名乘客知難而退的方式。

果然，商務艙的乘客們七嘴八舌地交談起來：

「她瘋了嗎？商務艙哪有什麼博愛座？」

「The fetus will thank you? Cute!」（胎兒會感激你？太可愛了！）

「我們付錢的為什麼要讓座？」

「孕婦，所以呢？為了舒適及胎兒安全，應該自己買商務艙的座位啊！莫名其妙！」

「Priority seat in business class for pregnant lady? Crazy!」（商務艙有博愛座讓

位給孕婦？她瘋了！）

商務艙裡有美國人、日本人和台灣人，全程目睹了孕婦小姐的爭執並聽到廣播，反應相當不好——寶媽咪啊！你看到了，飛機上沒有博愛座。

最後，這些負面的輿論讓孕婦小姐知難而退，有點羞愧地回到了自己在經濟艙的座位。

空中服務的延伸智慧

## 追加協助

由於當天經濟艙沒有客滿，為了四個月大的胎兒安全及舒適著想，我調出了一排三個空位給孕婦小姐坐。雖然無法滿足乘客千奇百怪的要求，但取而代之以另一種合理的服務方式，讓乘客覺得「空服員並不是沒有幫你喔」，這也是一種服務技巧。

這樣的協助，讓她在尷尬之餘並沒有太受傷，最後平靜地回到台北。

# 「道歉人」也會電力耗光

## 放行李引發爭端

夏威夷前往東京，七七七型的班機。當天我並非值班座艙長，而是一般空服員，但我想，假如換成我是當班的座艙長，應該也會做出相同回應。

起飛前進行安全檢查時，同事琳達來到十九G，這是位於一排座椅最前方的位置，我們稱為「隔間座位」。見到有一大袋行李靠牆放在地上，琳達很客氣地說：

「小姐，基於飛行安全的理由，您的行李在起飛和降落時都需要放置於您頭頂上的行李櫃喔！地面是不能擺放行李的。」

十九G的乘客是日籍的島田小姐，回說：「不行，我有重要的東西，不能放在頭頂上方的行李櫃裡。」

此時，飛機已在跑道上要起飛了，因此琳達拿起了行李放入上方行李櫃，並且說：「小姐，真的不好意思，飛機要起飛了，那我替您放好。」接著她也坐到了空服員的跳椅上，準備起飛。

起飛後，眼見達到了安全高度，琳達便去將剛剛放入行李櫃的行李拿下來，交還給島田小姐，只見島田小姐怒氣沖沖地說：「你太野蠻了，你不應該碰我的行李！我的行李很重要，我不要放在頭頂上方的行李櫃。你給我道歉！」

琳達覺得疑惑——身為空服員，自己是依照飛行安全規定做該做的事，怎麼變成乘客發怒的對象，還要求她道歉？但是基於息事寧人，不想把事情鬧大，儘管心中有百般委屈，她還是說了抱歉。島田小姐卻沒有因此消氣，要求：「我不接受你這樣的道歉。叫你們座艙長來，我要他道歉！」

## 道歉有底限

琳達原以為這是自己就可以排解的狀況，但是聽到「叫你們座艙長來」，這下一定得請出座艙長了。

座艙長聽了事情經過，雖然也認為琳達沒有做錯，沒什麼理由需要道歉，但還是前去探視提出客訴的島田小姐。

「島田小姐，我的空服員琳達因為碰了您的行李這件事，已經向您道歉了。但是起飛、降落時，您的行李是一定要放在頭頂上方行李櫃的。不知還有什麼地方可以為您服務？」座艙長說。

島田小姐難掩激動。

「我的行李袋裡有我的氣喘藥，她把袋子拿走了，如果我發生氣喘，你們要負責嗎？你是座艙長，你怎麼會有這樣的空服員？你該替她向我道歉，還有你也應該向我道歉。」

聽島田小姐這麼一說，座艙長明白了她的擔憂，試著以同為氣喘病患的立場與她對話。

「島田小姐，我本身也是個氣喘病患，我會把藥包帶在身上。我和我的同事，都沒有人知道您的袋子中有氣喘藥。不過無論如何，您還是該遵守飛行安全規定，把袋子放在行李櫃內。」

「我要你給我道歉！我要你的機長給我道歉！我要你公司的總經理向我道歉！」

島田小姐還是很生氣，而座艙長的回應不卑不亢。

「如果這樣的話，我為沒有人知道您袋子中有氣喘藥這件事，向您道歉。但我的機長和總經理不需要對此致歉。」

島田小姐仍然怒氣未減地說：「我要你道歉，我要你的機長道歉，我要你的公司總經理道歉！我一定要客訴你們！」

「島田小姐，如果這是您的選擇，我會尊重。祝您有趟美好的飛行。」

座艙長說完便走人了。

事後，座艙長與空服員琳達都各自寫了一份報告給公司。公司也真的收到了島田小姐的客訴信，但基於她違反飛行安全規定在先，所以並沒有給予座艙長和空服員懲處。

## 這是飛機，不是超級市場

東京飛台北，也是七七七的機型，這一趟飛行，我是座艙長。

在頭等艙供餐服務進行到一半的時候，商務艙的同事來找我，說七B乘客要客訴：「叫你們座艙長來！」

我立即前往處理。七B座位是一位華籍乘客B小姐，大約三十多歲。

「B小姐，您好。不知有什麼可以替您服務之處呢？」我問。

B小姐說：「我要辣椒醬。為什麼你們提供的是××牌的辣椒醬？」

我去廚房，拿了整罐的辣椒醬來給B小姐看，並向她解釋：「B小姐，這是我們飛機上提供的辣椒醬，是××牌的，這也是我們唯一提供的辣椒醬。」

B小姐大怒地說：「這不是我要的李錦記桂林辣椒醬！這不是我要的李錦記桂林辣椒醬！這不是我要的李錦記桂林辣椒醬！」

她真的很生氣，重複說了三次。

接著她要求：「我要你向我道歉！你馬上去給我找出我要的李錦記桂林辣椒醬！」

「我代表公司因為不能提供滿足您個人偏好品牌的辣椒醬，向您致歉。但這是飛機，不是超級市場，我們沒有辦法提供您要的李錦記桂林辣椒醬。」

我持平地表示，但B小姐似乎愈來愈激動。

「我要你道歉！如果沒有我要的李錦記桂林辣椒醬，那我就不吃飯。我要客訴你不能滿足乘客的需求。」

我說：「B小姐，深感遺憾，如果這是您的選擇，我也只好尊重。祝您用餐愉快。」

一直到降落前我去收餐盤時，B小姐都還非常生氣，並且真的完全不吃飯，因為沒有李錦記桂林辣椒醬。

她還說：「我一定要客訴你，客訴你沒有提供我要的李錦記桂林辣椒醬。」

下機後，我寫了報告給公司，後來並接到B小姐的客訴。但她的要求並不是公司該去滿足的，所以事後我沒有遭到任何懲處。

## 我服務您，也請您尊重我

人和人之間最重要的是「相互尊重」。乘客應該要學習同理心，而不是抱持花錢就是老大，沒有上限的要求心態，同時也要有能夠接受道歉的寬容，尊重自己，並尊重他人。

在某部電池廣告中，玩具兔子裝上了該廠牌的電池，因而可以持續充滿電力，比他牌電池耐力更足。然而，電池終究是電池，無論電力再多、耐力再久，總會有壽終正寢的時候。

當面對客訴要求道歉，不斷地道歉，無止境地道歉時，就算我們裝上了電池，擁有過人的精力與耐力，但是如果不懂得適當地去漠視這種過度的要求，最後就會像電池的電力耗光一般，傷害到自己。

我服務您，也請您尊重我。

## 空中服務的延伸智慧

### 冷處理

有些乘客就是不管你怎麼道歉，他（她）還是不滿意，一直無理取鬧。這時候你就必須選擇漠視，以免這樣的乘客愈吵、愈要求，愈覺得自己有理。

不可理喻的乘客充滿著無理的期望，而同時也不合理地期望他們的行為被接受。我的態度是以「冷處理」回應，因為乘客沒有合理地尊重我，互相沒有交集，過程中不需要過多的爭執，而去浪費彼此的時間。

# 別打我

從小到大，父母教我們不要用武力來解決事情。但曾幾何時，所謂的顧客意識高漲，吃不到飯的、排不到隊的、情緒不佳的，動輒以服務人員「客服態度不佳」為理由，粗口罵人或者亮出拳頭。

台灣最美的是「人」嗎？

# 遇見有人「問候」我母親

某次在一個從東京飛台北的航班值勤，組員都是美籍和日籍同事，所以我負責「中文乘務員」的工作。

中文乘務員的服務內容，是在經濟艙負責所有的中文廣播、所有的中英文翻譯，並協助講中文的旅客填寫表格等細瑣事務。公司考量到經濟艙有較多旅遊團體，有個會說中文的空服員對於乘客幫助很大。

有幼兒隨行的乘客先行登機，一上來便是一對年輕夫妻，三十歲不到的樣子，帶著大約五歲的女兒，台灣人，我當然熱烈歡迎。

「您好，歡迎登機。找得到座位嗎？」

此時，年輕的太太——稱她「Ａ小姐」好了——一開口就怒氣沖沖地對我說：「我們是一起旅行的，但我的先生、小孩被分散在不同的座位，你去替我們想辦法，我們要坐在一起。」

這種場景常常發生，所以我不感到意外。對方是參加團體的旅客，領隊沒有替他們把位子劃在一起，而到了登機口時由於語言不通，他們也沒有向地勤人員提出協助。一上飛機，我這個唯一和他們說中文的人自然成了出氣筒。

「小姐，你們是第一個上飛機的，我現在還不知道哪邊會有空位，或者是否有乘客可以和你們換位子，讓你們全家坐在一起。請你稍待一下，先坐你們指定的座位，我會協助你。」

雖然對方完全沒有禮貌可言，又凶巴巴的，但我還是以客服的禮貌回答。

A小姐的回應卻是：「×你娘，你最好馬上給我換好位子，馬上！聽到沒有？」

什麼？為了一個位子，你需要問候我的母親？我母親聽到一定很不悅。

「小姐，我並沒有不協助你，你真的不需要對我動粗口。我尊重你是我們的乘客，但是我不能接受你這樣莫名其妙地對我言語侮辱，請你克制一下你的言語。」

此時她卻抓狂似地開罵：「怎樣？×你祖宗十八代啦！你馬上給我換好位子，我就是要罵！怎樣？……」

她的丈夫帶著五歲的女兒就站在旁邊，一個當媽媽的人竟然可以如此爆粗口，實在令人難以相信。這樣要如何教育女兒啊？

而且小姐，我到底得罪你什麼，讓你要這樣動肝火侮辱？

## 言語攻擊空服員，差點被趕下機

在美國的航空器上，旅客對空服員粗暴的言語攻擊是很嚴重的行為，甚至可能嚴重到要被關起來。我立即通報當班的座艙長與機長，他們商議後，決定由地勤的經理來處理。

情緒如此激動的乘客已經危害到飛航安全。誰知道起飛之後，她還會如何撒野？所以把她請下機是最好的處理方式。通常在這種時候，也會通報航警一起來把乘客帶下飛機，美國的航警一向很重視這類危及飛安的事件，只是在日本和台灣，多半希望大事化小，小事化無。

地勤經理協同會中文的地勤人員上機了，要求A小姐下飛機。

「小姐，你以言語攻擊空服員，已嚴重影響飛安。」

A小姐一副「我犯了什麼錯」的表情，認為自己不過是粗口罵了空服員罷了。她的先生開口求情：「不好意思，我會控制她，讓她不要再辱罵。求求你們不要讓她下飛機。」

同行的團員們也紛紛抱不平。

「她懷孕了，你們怎麼可以這麼殘忍，讓她一個人留在日本？太過分了！」

好吧，或許是我們太善良了，所以決定讓A小姐繼續飛行。

在航程中，我刻意避開她所坐的區塊，以免再發生爭執或不愉快，而她也始終安靜地坐在原本的座位上。

就這樣，我們平安地在台北降落了。

## 下了飛機，竟然直接開打

通常這樣的意外事件，在下飛機的同時就宣告結束了。

理論上是如此。

下班了，就算有天大的不愉快也沒什麼好再想的，這是當空服員的好處。下了飛機，我愉快地走在自己的國家，自己的機場，幾個小時前被A小姐羞辱的事早就拋在腦後。

此時卻突然見她怒氣沖沖地跑過來，抓住我的領帶，握緊了拳頭就往我臉上揮了過來。好在我閃得快，但臉上還是出現了小小的擦傷。

A小姐說：「×你娘！剛剛在飛機上是美國的飛行器，日本的領土，老娘不動你。現在人在台灣，我高興怎麼打你就打你。怎樣？竟然聯合老美和日本人來要老娘下飛機，×你娘！」

她丈夫追了過來。

「老婆，你懷孕不要動了胎氣，要教訓也是我來打，你不要打啦！」

由於身穿制服，所以我打不還手，罵不還口，也因為一切發生在瞬間，我還沒來得及叫「救命」，剛好有三位同事經過現場，制止了她再加碼打第二拳，公司的地勤人員也恰巧經過，才阻止了這起暴力事件。

結果，還沒來得及叫警察，A小姐就被她丈夫帶走，臨走前還撂下一句話：「我一定讓你沒工作，×你娘!你想搞我。」

事後，我請求協助，要報案、要調閱錄影帶，得到的答覆卻是「錄影帶沒有拍攝到對方攻擊我的影像」，而她人也走了，所以無法控告對方。

## 服務是專業，挨打可不是

那一拳傷了我的臉頰，雖然沒有很嚴重，但心中總是有陰影，不過次日，我還是飛回了東京的基地。督導馬上前來關心，美國總部也知道了這件事，要求我以帶薪病假先停飛一陣子休息，並找了心理醫師來協助我克服遭乘客暴力攻擊的陰影。公司認為空服員執勤受到這樣的意外是非常嚴重的，也一定要我在良好的精神狀況下才能繼續飛行，這一點真的令人感到很窩心。

至於A小姐呢，她果然很有恆心地每天打電話到我們公司的台北辦事處。「我是某某議員的小孩，如果不把他開除，我一定要去告你們公司！」她要求負責的督導一定要把我開除，但是對於自己辱罵空服員、毆打空服員的事，卻一概不承認。

公司已把A小姐列入黑名單，她無法再搭乘我們的飛機了。不過，我想她也不會再來搭了，因為這家航空公司不是可以讓她隨便用三字經罵人的。

這次的親身經歷讓我深有感慨：到底什麼樣才叫「好的客服」？

那些打人的、罵人的，動不動就拿「服務態度不佳」為理由以暴力、言語攻擊，實際是在發洩自己不滿的情緒。而如果哪一天，服務人員、醫療人員、空服人員、地勤服務人員……都不見了，最後受害的又是誰呢？

沒有吃到你要的餐點，座位不是你要的，少喝了一杯水……非得嚴重到辱罵、毆打人家嗎？

我是空中老爺，「服務」是我的工作專業之一，但挨打可不是啊！

# 因為你「不是」誰

「你不用和我說那麼多啦！我對這架飛機很懂，我一天到晚都在搭飛機，比你還清楚。」在機上進行逃生門相關說明時，最常碰到這樣的乘客：自以為什麼都懂，擺出高傲的姿態，卻不清楚自己的能力極限。

機上的服務人員都是經過嚴格受訓、通過考驗後，才擁有這項專業空服技能，真的不是搭了幾次飛機就能搞懂的。

## 「你不知道我是誰嗎？」

東京前往台北，很短的航程。做完了餐點服務，一切都很平順，我心想：真好，又是一趟平安的航班，回台北後可以去吃懷念已久的鹽酥雞，想到這個，口水都流下來了。

我走入了經濟客艙，正好聽見二十H的乘客在大聲斥責台灣籍的空服員美樂蒂小姐。

「你不知道我是誰嗎？我是記者！我要你把《聯合報》、《中國時報》、《經濟日報》、《自由時報》、《蘋果日報》，每份報紙都替我準備一份，你聽不懂嗎？你不知道我是記者，我需要這些報紙嗎？」

「不好意思，飛機上沒有那麼多的報紙，只剩下一份《聯合報》。」

美樂蒂很客氣地說明。

但二十H的先生非常不滿意。

「你真的不知道我是誰嗎？我是記者！我可以寫你們服務很差，投訴你。叫你們的座艙長過來，這什麼爛服務！」

雖然我已目睹這一切，但還是先回到廚房，美樂蒂來向我說明了這位乘客的問題。我翻開乘客名單，查清楚乘客的資料：二十H，吳先生，三十歲不到的年紀，是台灣人。

我的習慣是一定要先清楚乘客的背景、問題和需求，才會前往解決乘客的問題。

## 真的沒人知道你是誰啊！

「吳先生您好，我是本班機的總管。空服員有報告吳先生對本公司的服務非常不滿意。不知道有什麼地方可以替吳先生服務嗎？」

這些都是客套話，其實不就是：怎樣，哪裡不爽啊？

吳先生還是怒氣沖沖地說：「你不知道我是誰嗎？」

我恭敬地回答：「吳先生，我真的不知道您是誰，只知道您姓吳。您應該知道您是誰吧？不然，您有沒有同行者？我可以做機艙廣播，替您找您的同行者，或許他們就會知道您是誰了。」

真是可憐，年紀輕輕的吳先生似乎有失憶的跡象，不斷地問：「你不知道我是誰嗎？」我只好發揮愛心替他尋找同行者，或許可以讓他知道自己是誰。

這樣的答覆卻令吳先生更生氣了。

「我是記者，我是記者！你不知道嗎？」

「吳先生，我真的不知道您是記者。所以，記者先生，現在有什麼可以替您服務的嗎？」

「我是記者，我可以寫你們航空公司服務很差，讓你們上報。」

「記者先生，如果我們的服務很差，讓您不滿意，我們一定改進。但是，什麼樣的服務讓您覺得太差了，需要寫上報紙？」我問。其實我已心裡有數。

吳先生說：「我要《聯合報》、《中國時報》、《經濟日報》、《自由時報》、《蘋果日報》各一份。連這樣的東西你們都無法提供，服務實在很差。我是記者，我需要看所有的大報紙，你不懂嗎？」

這……現代人都看網路新聞了，還需要報紙嗎？

「吳先生，我真的不知道記者需要看這麼多的報紙，而且飛機上也不會有這些各式各樣的報紙，畢竟這裡不是書局，也不是便利商店，請見諒。」

我仍嘗試著說明機艙的限制。

記者先生撂下話來。

「我告訴你喔，我去美國航空總署上過課，我對你們飛機很了解喔！你們都把報紙藏起來，你們在做什麼我都知道，你們這樣是違反安全規定，我上過課的，我什麼都懂。我一定要投訴你們。」

這令我感到啼笑皆非。

「吳先生，您去美國航空總署上過課，那可能是很專業的課程。或許您對飛機什麼都懂，也或許您真的是航空專家，不過，不能提供所有的報紙應該沒有違反飛行安全規定啦！」

「我說有就是有！我一定要投訴你們服務差勁，違反飛行安全規定。我一定讓你們上報！」

他仍然很堅持。

面對這樣自負又無理的乘客，我完全不想浪費時間，因為還有好幾百位乘客需要服務呢！我拿出了名片。

「吳先生，這是我的名片，也請您賜教名片，回公司後，我會請我們總經理回電您報社的主管，致上敝航空公司無法滿足記者先生服務的歉意。」

我拿著吳先生的名片便走人。只見名片上寫著：××日報（沒聽過），育嬰兒童專欄記者，吳××。

嗯，真是好一個育嬰專欄記者，自稱航空專家，一副什麼都懂的樣子！

## 搞了半天，是誤會一場？

結果到了快降落前，吳先生私下跑來廚房找我。

「座艙長先生，其實你們的服務真的很好，沒有什麼問題。你不需要請你們總經理打電話找我報社的主管道歉啦！真的是誤會，是我沒搞清楚。」

這下換我堅持要道歉了。

「吳先生，您是航空專家，您什麼都懂，敝公司無法提供各式各樣的報紙，讓您覺得服務不好，讓您覺得違反飛行安全，讓您要投訴上報，不是嗎？像這麼嚴重的事，我一定得向總經理報告，請他親自打電話向貴社主管道歉。」

他繼續勸說：「真的不用啦！你們的服務很好，真的很好，嗯……真的不需要致電給我的主管。」

我點點頭。

「好吧，既然記者先生覺得沒必要，並且對我們的服務很滿意，那麼我在此謝謝您的搭乘，同時，也不需要讓我們總經理出面囉！」

下飛機送客時，記者先生再度跑到我面前，對我說：「記住，你們的服務真的很好，不用電話致歉啦！」或許記者先生有什麼隱情，但可以把大事化成無事，在空中老爺的飛行過程也算是好事。

因為你不是誰，所以真的不需要用這種自我感覺良好的口吻來刷存在感。人貴有自知之明，不是嗎？

# 在天空的轉角，與名人偶遇

機艙是個社會的微型版本。空服的工作，讓我除了在照料乘客的吃喝拉撒睡以外，也可以看見人生百態。

飛行多年的好處之一，或許就是可以在工作時與名人偶遇，像是運動明星、上市企業大老闆、政商名流、明星名模等。

不知是否因空中的封閉特性使然，容易讓人產生一種「與世隔絕」的感覺，在

「機艙」這個小空間裡，可以看出一個人最基本的涵養，也因此，居於空服現場第一線的我們見識到了許多名人在「鎂光燈之外」的真性格。

## 名模C姊姊

東京飛回台北，名模界的C姊姊，就同一般旅客一樣地排隊進入了商務艙。高EQ、氣質非凡又美麗大方是大部分媒體對她的形容詞，當天我是座艙長，去點餐的時候更感受到她高雅的談吐。整趟飛行期間，聲音嗲柔的她沒有額外向空服員提出什麼要求，而對於我們的例行服務，則回以親切的微笑，點頭致謝。

用餐時間，C姊姊飲食之節制令我印象深刻。她不像許多人是一口咬下大蒜麵包，而是先將麵包外部所有含油脂的部分剝去，接著，秀氣地一小口一小口掰著吃——超級小口。喝水時，也是一小口一小口地啜飲。這樣的節制，我想是出於一種對自身專業的嚴格自我要求，身為專業模特兒與明星，她必須隨時保持在最佳體態。這是對這份工作的負責，也是尊重。

如外界所說，C姊姊是個你幾乎找不到缺點的女人，客氣有禮，溫柔可人，這是我在機艙內所觀察到的。

## 政界名人L先生

從紐約飛往東京的班機，L先生排隊上機，出現在我所服務的商務客艙。機上只有我一個亞洲空服員，其他外籍同事並不清楚L先生屬於台灣政界的知名家族，父親曾參選總統。

平時聽聞他家世顯赫，有權有貴，尤其在台灣的政治選舉中，他常常是被攻擊、謾罵的對象，所以，一開始我難免也有點先入為主的看法，忍不住多注意他幾分。

然而，在這段長程飛行中，L先生與空服員的交談只有謙遜有禮，甚至主動貼心空服員的辛勞，「請」、「謝謝」、「對不起」更是時時掛在他的嘴上。飛行的途中，也只是不斷地閱讀、做筆記，來度過這十幾小時的航程。

經過這幾年，看著媒體報導L先生為人助選遭槍擊、參選市長的消息，我始終難將他與外界的評判作聯想。至少在那一趟飛行中，我看見了一般人沒看到的L先生。

## 驚世議員W先生

台北前往東京，政壇常有驚世言語的一位W議員，和我搭乘同一班機的經濟客艙，我忍不住左右看了看，沒見到他那把出名的小提琴。

撇開W先生在政壇的評語及他的個人生活不說，我在機艙中看到的W先生，完全沒有電視機裡那種張牙舞爪地，又是跳海，又是豪氣說著「over my dead body」的震撼表現。相反地，他熱心又溫和。

剛上機不久，他主動協助一名婦女把行李放到上方的行李艙內。接著，旁邊的乘客因為想坐在一起，跟他商量要換位子，他也欣然同意。空服員送餐點，到了W先生這裡的時候只剩下一種，沒有選擇了，但他沒有任何抱怨，很乾脆地接受了。

這和我平常在媒體看到的W先生有極度的落差，但我更相信，這才是真實的他。



## 期待美好的邂逅

在公眾面前，名人有著他們最亮眼的光環，但是在飛機客艙內少了目光焦點，往往那才是表現出真正自我的時刻。

無論工作或生活，我的人生早已脫離不了飛行，在天空的轉角與多位名人偶遇，見過人前斯文大度，進了機艙卻頤指氣使的大老闆，也遇到了前面這幾位令我印象特別深刻的人。

有句話說：「若要在人前顯貴，必須人後努力受罪。」我想，成為一個名人，不只是外表的提升，內在的自我價值也是值得我們學習的。

期待在接下來的航班，還有機會邂逅其他各個領域的傑出人們，學習到他們在名氣的光環背後，那一股與眾不同的風格與氣息。

# 服務鈴不在我身上喔！

## 「阿揪洗」和「阿均嬤」的偷襲

早期在飛韓國的時候，總是會碰到所謂的「阿揪洗」（韓國大叔）、「阿均嬤」（韓國大嬸），在飛機上，他們直接用手拍打空服員的腰部或臀部或戳身體，只因為他們需要服務。走在走道上，空服員有時必須手持著送茶水的盤子，想辦法一下子擋前面、一下子擋著後面的重要部位，以防止乘客「過度的」肢體接觸。

空中老爺的日常

人與人之間的溝通是可以有適度的「肢體接觸」，但是這種過度的接觸，是讓人感覺很不舒服的，而且會覺得不被尊重，反而是一種「肢體騷擾」。

所以，有位韓籍的老前輩教了我們這句話，幫助我們躲過乘客的「肢體騷擾」：「Manjiji Maseyo（不要觸摸我的身體），服務鈴不在我身上喔！」

## 肢體騷擾被公司漠視

和同期進公司的同事「櫻花」聊起這件事，她回憶起過去還是個菜鳥空服員時，曾在日籍航空公司飛行，有一次，飛日本國內線航班從東京往鳥取，她高舉著雙手正準備把上方的行李艙櫃關起來時，有一位男性乘客站了起來，竟然就公然把雙手貼在她的胸部上，對她說：「歐嗨喲。」（早安。）

對於這突來的肢體接觸，櫻花驚嚇到不知該如何反應，然而是在日籍公司，自己又是新人，無法對座艙長申訴她的「不舒服」。因為前輩教她：對於這種機艙的肢體騷擾，要學會「忽視」，畢竟公司不會因為一個不守規矩的乘客去動用法律，上訴提告；而且整個事件的受害者只有「你」一個人，而「你」僅是公司的一個最基層員工罷了。

有一回，我搭乘一家亞洲的航空公司班機由台北前往東京。當時坐在我旁邊的一位日本大叔似乎是酒醉了，於是開始對服務的女空服員進行言語上的騷擾，最後竟然伸出他的邪惡之手，摸了女空服員的臀部。

基於正義感使然，當下我出口斥責了那位日本大叔。但女空服員卻要我息事寧人，因為公司的文化對於這樣的肢體騷擾事件，就是要空服員「吞」下去，冷處理地忽視它。所以我的正義感反而造成了她的困擾，因為她可能會被這位日本大叔投訴「服務不佳」、「不配合」。同為空服員，這樣的事真令我難以置信。

## 秋子驚魂記

在我們公司的航班上也發生過這類狀況。

某一次，我飛行一個舊金山到東京的航班，七四七的班機，但乘客不多。身為當班的副座艙長，我負責經濟艙的大小事宜。

起飛後不久，日本籍的空服員秋子向我反映，四十一H的先生似乎手很不規矩。她經過他的座位時，他會閉上眼睛，接著突然伸手去摸她的臀部，還很淫穢地在她背後說：「Very nice.」（很棒。）

這種過度的肢體接觸令秋子感到非常不舒服。的確，沒有人喜歡遇到這種事。

我查了乘客名單，四十一H是美國籍的狄克森先生，三十多歲的商務人士。

基於保護我的空服員，我答應秋子，一定會阻止這樣的狀況再發生，不讓她再受到侵犯。我要秋子回去她的工作崗位，而我會在她的身旁保護她。

進行飲料車服務的時候，我便跟隨在秋子身後，當她快經過狄克森先生的座位時，我注意到，狄克森先生像是很享受似地閉上了眼睛，但是，就在他伸出魔手的同時，我把秋子往前推了一下——他的魔手不偏不倚地正中「我的」臀部。

他還以為我是秋子，在我的背後說：「Very nice.」

沒想到卻聽見了「我的」回答：「Thank you.」

睜開眼睛一看是我，狄克森先生先是大吃一驚，接著覺得很丟臉。

我則張大了雙眼，以很「萌」的眼神望著他，他大概驚嚇到雞皮疙瘩掉滿地了。

於是，我什麼斥責的話都不用多說，因為這一切行動已經讓他知道，他對秋子的肢體騷擾引起了我的重視，所以接下來的航程他非常規矩。

同時，為了讓秋子可以安心工作，我把她調換到另一個服務區，而由我自己來服務狄克森先生這邊的區域。

空中服務的延伸智慧

## 「證據」優先

處理這種「肢體騷擾」事件必須很小心，如果沒有在當下抓到證據，就去質問乘客，反而會造成更大的誤會，而得罪乘客。

## 小鮮肉的眼淚

這種肢體騷擾只會發生在女性空服員身上嗎?那可不一定啊!

當我還是小鮮肉的時候,有一回進行降落前的機艙檢查時,來到了三位美國大媽的座位。我說:「女士們,飛機要降落了,你們的行李要放置在前方座位下喔!」三位美國大媽回應說:「可是我們年紀太大了,無法彎腰,沒有辦法放。小帥哥,可以麻煩你嗎?」

由於降落在即,我只好彎腰,試著把她們的行李推到前方座位下方,說時遲那時快,其中一位大媽竟然摸了我的「重要部位」,然後大笑著說:「哈哈,不錯耶!」隨即聽見三位大媽狂笑。

當時年紀小,遇到這種過度的肢體接觸也不知該怎樣反應,只好跟著傻笑,化解尷尬。

雖然我是男性,但是,我也不喜歡這種「肢體騷擾」啊!也因為是看似安全的男性,所以常常是欲哭無淚啊!

## 該說，就一定要說

有的乘客認為自己買了機票，好像就能為所欲為，可是這項付費並不包括可以隨意觸摸空服員。

不論男性或女性空服人員，在機上遇到過度「肢體騷擾」時，一定要大膽講出來，捍衛自己的身體，在第一時間對進行騷擾的旅客提出警告，並制止他的行為，那麼事情可以到此結束；狀況嚴重的話，甚至應該向機長報告，並要求機長在到達目的地之前向當地的航警報案，請他們協助處理。

親愛的乘客，「Manjiji Maseyo」，服務鈴不在我們空服員身上喔！

空中老爺的日常

# 有錢就要任性？

## 自動升等的山西大媽

那是一趟從夏威夷飛往東京的航班，當天載客極少，有許多空位。

機上有一群來自山西的旅行團客人，大部分都是坐在經濟艙後段的位置。團體旅客常常被分配在經濟艙後段，長久以來好像是不成文的規定了。

乘客不多，所以服務也很輕鬆地簡單結束了。然而，就在機艙燈光昏暗下來，大家準備要休息的時候，有位山西大媽私自跨越艙等，跑到飛機的豪華經濟艙占據了一整排座位，準備享受「自動升等」的飛行旅程。

可是在這個航段，差一個等級必須多收一百九十九美元，而且飛機上都有刷卡機，想要升等就必須先付費。空服員平常都有接受訓練，遇到未付費便自動升等的情況，先好言相勸，請乘客回去自己的原始座位。

美籍空服員保羅氣沖沖地跑來報告這位山西大媽的行為，還有無論他怎麼勸說，她就是不願回到原始座位，當然，語言上的溝通也有問題。既然我是當班的座艙長，只好親自下海解決問題。

## 請把信用卡交到「我的手上」

走到舒適坐著的山西大媽身旁，我開門見山地說：「這位女士，您坐的座位好像不是您原本的位子喔！這一區是豪華經濟艙，座位空間大了點，是不同的等級，是要加價的。」

山西大媽說：「你們的椅子設計那麼小，坐得我腰痠背痛。這邊有空位，我怎麼不能坐？我要舒服點。」

「可以啊，今天豪華經濟艙有空位，您要坐可以，那就是付錢刷卡升等。」

山西大媽問：「付錢，為什麼？這位子空著也是空著，我為何不能坐？」

「就說是不同的艙等，不同的艙等，不同的艙等，聽懂了嗎？付費，您就可以舒服點。不付費，就請回去您原來的座位。」我態度強硬地要求。

「要錢、要刷卡是嗎？好啊，老娘就是錢多，拿去！」

她直接把信用卡甩到地上，要我去撿，但我也不是省油的燈。

「女士，您不把信用卡交到我的手上，『我的手上』，我不能刷卡，那就請回到您的座位。」我再三強調：請把您的信用卡交到我手上。

山西大媽沒辦法，自己彎下腰撿起了信用卡，親自交到我的手上。她臉上滿是怒氣。

「女士，所以您要支付一百九十九美元，這是升等的費用。」

她問：「不能打個折扣嗎？」

是誰剛說「老娘就是錢多」的啊？

「這是公司規定，沒有折扣。」我簡短答覆。

然而，這張信用卡出了問題，刷了好幾次就是刷不過。我要求她再拿出其他信用卡，還是怎麼樣都刷不過。「女士，您的信用卡無法使用，這筆升等費您無法支付，所以請您回到您原本的座位。」

山西大媽很生氣，但也只好回去自己原來的位子。

空中服務的延伸智慧

## 有時也需要高姿態回應

面對這種不講道理的乘客時，空服員表現得客氣、禮貌是行不通的，於是我也開始以嚴肅、高姿態的方式應對。

## 竟然遷怒踢了空服員！

事情本該就此結束了，沒想到就在要降落東京前，山西大媽非常不悅，見到空服員保羅經過，竟狠狠地踢了他一腳，還罵說：「多管閒事，打小報告，害我不能舒服地去坐豪華經濟艙。」

當時，一起服務的空服員都目睹了這一幕。保羅因此而跌倒了，雖然沒受傷，但攻擊空服員是不被允許的。

我告知山西大媽：「女士，你剛剛粗暴地攻擊空服員，已影響飛安。等一下到了東京，你就等着見警察吧！」

她卻反咬保羅一口說：「我沒有，我沒有，我什麼都沒做。是你們的空服員打我。」

此時，當時與保羅一起服務的空服員，還有坐在附近的乘客，卻都指證說是她踢了保羅一腳。

沒關係，我不跟你爭辯。按照程序，我向機長報告了，並請他通知空服處的督導、地勤督導與航警。下飛機之後，自然會有警察來帶你，你再慢慢向他們解釋吧！

到了東京，機門一開，航警、空服督導和地勤督導立刻上機關切，並要求在其他乘客下機後，保羅、我、所有目擊這起事件的空服員及山西大媽，必須留在機上做筆錄。當班的華語空服員則擔任翻譯。

就在此時，山西大媽的旅行團領隊和團員全部出現了，利用群眾力量，開始向日本警察抗議。

「你們日本警察怎麼可以扣留我們中國人？太過分了！不行，你們不讓她走，我們就在這裡抗議不走！」

簡直是完全不分是非善惡。

領隊也堅稱：「她沒錯！她是受害者，是她被空服員打！」接著他假裝拿起手機，說：「我現在和我們的習主席報告這件事，你們最好讓我們走。」

最好是你們的習主席會和你通話啦！

日本的警察很不願意處理這類事件，由於語言不通，加上空服員沒受傷，他們很希望大家和解。

至於被踢的保羅雖然感到不悅，但見到警方並沒有很積極要扣人的意願，督導也不喜歡事情鬧大，於是他決定不提告。但是，一定要山西大媽向他道歉。

居中翻譯的華語空服員告訴領隊：「你的工作就是平安地把團員帶回家。你的團員打了空服員，不但不認罪，甚至還說謊。你也在這裡和他們一起來起鬨，影響了你下一個航班，而且還無法順利把團員帶回家，這對你是更大的麻煩。如果你懂得勸說你的團員道歉，這件事很快就解決了。僵持在這裡，才是你最大的損失。」

領隊很聰明，理解了華語空服員的意思，勸說了山西大媽和團員，最後山西大媽在一百萬個不願意下，向保羅道歉，承認自己不該踢保羅一腳洩憤。日本警察當然最樂意見到這種和平的畫面。

有錢就要任性，真的不可取。在飛機上攻擊空服員更是不應該，如果是降落到美國的機場，以美國警察執行公權力的強硬態度，這件事可不是這麼簡單就能了結的！

# 紅燈警示風暴

打開報紙，又是一則酒駕撞死人的新聞。喝酒不開車，開車不喝酒，怎麼說了這麼多次，還是有人不聽呢？

這是在陸地。如果是在飛機上酒喝多了，又會造成什麼悲劇呢？

平常在路上看到紅燈，你會有什麼反應？警戒、小心、停止，是吧？不然危險可能就要發生。而在我們的飛行服務中，也是以「綠、黃、紅」三種燈號來代表喝酒鬧事的乘客等級，方便空服員之間相互通知，以做出最適當的處置。

一旦「紅燈」亮起，那就是極危險等級，但我們當然都希望不要發生這個狀況，不然最後往往會造成極大的傷害啊！

## 黃燈閃，眾空服員要當心

由台北前往舊金山的航班，航程有時候可以長到十二、三個小時，機上閒著沒事，酒類飲料又是不用錢的，很多乘客當然就是狂喝打發時間。

在飛機上酒醉的速度會比地面上快，但乘客卻沒有這樣的感覺。

就在服務告一段落的時候，美籍空服員黛安娜神色緊張地跑來頭等艙找擔任當班座艙長的我，說：「座艙長，三十六C的美籍男性乘客在供餐過程中喝了一點酒，但酒力不佳，有酒醉的現象，開始大罵他旁邊的乘客，讓周遭的旅客很不舒服，可能需要座艙長去處理。」

是啊，飛行這麼多年，不知見過多少位酒醉鬧事的乘客了。座艙長在這種時候很好用。

三十六C的乘客是二十九歲的鮑爾先生。他喝了酒，又吃了想讓自己在飛機上好好入睡的安眠藥——天啊！這是多美好的混搭。然後他覺得頭痛，人不舒服，卻又一直要酒喝，講話愈來愈大聲，亂罵鄰座的乘客。

還好當天還有空位，我先調離鄰座的乘客，減少紛爭。接著對他說：「鮑爾先生，請您喝水，我們無法再供應酒給您了。請您好好休息。」

並且告知所有空服員：三十六C「黃燈」亮，停止供應酒類飲料，以防止乘客到達紅燈警戒線，同時，乘客已有不恰當言語行為，需要留心。

## 紅燈亮，為了安全只能五花大綁

機艙進入了夜間休息模式，燈光很昏暗，突然，鮑爾先生闖入了商務艙，從身後熊抱日籍空服員美智子，並跟她討酒喝。

我給了他嚴正警告。

「鮑爾先生，你這是嚴重的性騷擾。如果你不守規矩，下機後，你等著見警察吧！」

鮑爾先生卻只是傻笑著，還想要奪走商務艙廚房裡的紅酒。

我沉下臉說：「鮑爾先生，停止。回到你的座位，你已經不能喝酒了。」

經這一番嚴厲斥責後，他終於回到了座位上。然而，他並沒有安靜太久，又開始大喊著：「我要喝酒，給我酒！」然後發瘋似地狂罵，甚至毆打了附近的乘客。

從他無禮地熊抱美智子開始，我便將他的行為一五一十地向機長報告。這時，為了制止鮑爾先生的瘋狂行為，我先協同附近有能力協助的旅客壓制住發酒瘋的他，接著向機長報告。

機長說：「給他上銬，綁住他吧！」

是的，為了避免傷及無辜，我們逼不得已而必須以手銬、腳銬，把他綁在座椅上。機上有警用的那種手銬，至於腳銬則是以綑綁電線用的紮線帶充當。

我真的很不願意這樣把乘客五花大綁，但一切的一切都是因為鮑爾先生已越過「紅燈」警戒線，為了整架飛機上乘客的安全，不得不如此啊！

接著我再度報告機長：「三十六C酒醉鬧事、熊抱性騷擾空服員並毆打乘客的鮑爾先生已被五花大綁了。」

「好的，下機後會有警察上機處理。繼續觀察。」機長回應。

**「你確定同意我脫下你的褲子嗎？」**

像這樣的意外事件，在地面上可以很快便解決，但在飛機上就是持久戰。我們所有空服員都必須耗上極多的時間，一方面要服務其他乘客，一方面還得和這位酒醉乘客耗著，以防止更多傷害發生。

就在只剩一個小時便要降落舊金山時，「我要上小號！」鮑爾先生在半夢半醉之中說。

基於人道，機長同意解除腳銬讓他去上小號。但手銬不能解開，以防止他又亂攻擊人。

當天的航班，我是唯一的男性空服員，所以負責帶鮑爾先生去廁所。

但是，雙手被銬在背後的他，要怎麼把傢伙掏出來上小號呢？

於是，我徵求兩名乘客協助我，一起帶著上銬的鮑爾先生去洗手間。在兩個證人的面前，我問：「鮑爾先生，你確定同意我脫下你的褲子，掏出你的命根子上小號嗎？這不是性騷擾喔！你要確定是你同意的喔！」

已經憋尿很久的鮑爾先生連忙說：「我同意，我同意，快點替我把褲子脫下，掏出我的武器，我要尿了！」

「ＯＫ，兩位乘客，你們都是證人，都聽到了，都見證了這一刻喔！」

他們兩人說：「是的，座艙長沒有性騷擾，是鮑爾先生要求座艙長脫下他的褲子，替他掏出命根子尿尿。」

「好的，鮑爾先生，你現在可以尿了。」

我很小心地處理這件事，因為我並不想在事後被告性騷擾。

然後，同樣的證詞再說一次，我替鮑爾先生收回了武器，穿上褲子，回到座位繼續上銬。

這樣的事是偶發的意外。然而一旦真的遇到了，身為空服員也只能硬著頭皮處理啊！

## 連ＦＢＩ都驚動

一直到飛機降落在美國舊金山的國際機場，鮑爾先生都一直處於半醉半昏的狀態中。

機艙門開了，美國的聯邦調查局幹員（ＦＢＩ）一上機，聽我簡述鮑爾先生在航程中所發生的意外之後，二話不說便把還在半夢半醒之中的他帶下了飛機。我則要求被毆打的乘客必須先留在機上做筆錄，以證明鮑爾先生的罪狀。

鮑爾先生在收容所過了一夜之後，被判了刑：五年之內，不可搭乘任何商業類型的飛機。

他家在美國東岸的紐約，但當天是降落在西岸的舊金山，可以想像這對他來說是多嚴重的處罰啊！

在飛機上喝酒是可以放鬆、愉快，但是適量就好，以免飲酒過度，越過了紅燈警示線，反而樂極生悲。

# 客訴請抽號碼牌

## 服務業的緊箍圈

坐在某連鎖便利商店裡，看到路人甲進來向店員要了兩包醬油膏，店員沒有說什麼，給了醬油膏包，說：「謝謝光臨。」路人甲沒有任何消費便離開了。

五分鐘之後，同一位路人甲又進入便利商店，向同一位店員又要了兩包醬油膏，店員還是沒有說什麼，給了醬油膏包，說：「謝謝光臨。」路人甲還是沒有任何消費便離開了。

又過了五分鐘，同一個路人甲再度進入便利商店，又向同一個店員要求兩包醬油膏，這時店員客氣地回答：「不好意思，先生，這醬油膏包是要給買關東煮顧客使用的。能否麻煩您去買關東煮?我再給你兩包醬油膏。」

頓時，路人甲先生大怒說：「我家就是沒有醬油膏，給你拿個醬油膏又怎樣？我客訴你喔！」

聽到「客訴」這神奇的兩個字，店員屈服了，又給了兩包醬油膏。路人甲臨走前還撂下一句話：「我是顧客耶!小心我客訴你。」

他得意地拿著不該屬於他的醬油膏包，離開了便利商店。

「客訴」似乎是服務業的緊箍圈，只要說了神奇的這兩個字，黑的可以變白的，錯的可以變對的，因為服務人員的背後，沒有明智的主管會去查看客訴的真相是與非。尤其再加上只要被客訴「服務態度」這種模稜兩可，個人感受不同的問題時，服務人員完全什麼都不用說，就是等著接受處罰的奇怪制度。所以服務人員怕了，不想惹事，顧客只要說出「客訴」，那就屈從以對。

空中老爺的日常

# 「沒有日式餐，我們就不吃！」

東京前往夏威夷檀香山的航班，七七七型的飛機，我是該班機的座艙長。座艙長的職責之一，是必須到頭等艙與商務艙替貴賓們點餐。於是，我一路從頭等艙開始點餐，來到了商務艙，十A、十B座位的乘客是韓籍的金先生、金太太。

「貴賓您好，歡迎搭乘本班機前往夏威夷，本人是本班機的座艙長空中老爺，很榮幸在這個航班替您服務，今天的飛行時間是七個小時。同時，也要在這時候為您點個餐，今天的主餐餐點有A、B、C，不知道您想用什麼？」

這是座艙長的日常慣用說詞。

「我們要吃日式餐。」

「好的，沒問題。假如沒有日式餐的話，不知兩位的第二個選擇是什麼？」

之所以這樣問，是因為日式餐點成本較高，所以我們不會上太多份，這個航段的頭等艙加上商務艙才十二份，但這一趟飛行，兩個艙等的乘客共有四十八位，而依照經驗，其中有三十人以上會點日式餐。像這樣的情形，公司要求依照會員卡的等級來送餐。頭等艙的乘客所點的餐，我們一定會想辦法滿足需求。不過，等級愈低或是不具會員資格的旅客通常就無法得到日式餐了，因此我會再問「第二個選擇」，還是希望能讓乘客吃得滿意。

但是，金先生和金太太無法諒解。

「什麼？第二個選擇？我們就是要吃日式餐，我們搭的是商務艙，沒有道理我們吃不到日式餐，那是我們的唯一選擇。要是吃不到，我們就不吃。」

「金先生、金太太，所以二位的第一個選擇是日式餐，第二個選擇是不吃，是嗎？我們還有好吃的牛排、雞排和魚排，二位都不參考看看嗎？」

我很能理解乘客搭商務艙，對於服務有更高的期待，但這是飛機啊！有時真的難以滿足每一位旅客的需求。

我再詢問了一次：「二位真的沒有第二個選擇嗎？」

金先生和金太太怒氣沖沖地說：「我們只有一個選擇，就是日式餐。沒有日式餐，我們就不吃！」

「好的，」我複述一次，「第一個選擇是日式餐，第二個選擇是不吃，謝謝二位。」接著便離開去處理餐點分配的複雜問題了。

## 「沒有日式餐？我要客訴你！」

在確定所有高等級會員都可以拿到他們的第一選擇，並對於沒吃到日式餐的乘客一一道歉，請他們食用第二選擇之後，我再次去向金先生和金太太道歉。

「金先生、金太太，真的很抱歉，這個航班真的沒有日式餐可提供給兩位。不知二位有沒有任何偏好的第二選擇，我會盡量想辦法替你們變出來。」

沒有空服員會無聊地故意刁難乘客。就真的沒有你要的東西，不管你怎麼罵，我也變不出來啊！

金先生和金太太除了憤怒之外，能說的就是：「為什麼別人有，我們沒有？」

我真的很不想傷害他們的心，委婉地解釋：「真的很抱歉，但這是公司的規定，高等級會員有優先權做餐點選擇，但兩位都不是本公司的會員，所以真的很抱歉。要不要嘗試其他的餐點呢？」

金先生和金太太說：「沒有日式餐我們就是不吃，聽不懂嗎？還有，我們要客訴你！」

「客訴我？客訴我什麼？」我想不通。

「客訴你沒讓我們吃到日式餐啊！」

「真的這麼嚴重，因為沒吃到日式餐，你們要客訴我？」我問，但他們兩位態度堅決。

我已經竭盡所能地滿足乘客的需求，但你們要客訴我，因為你們沒有吃到日式餐？

「好吧！深感遺憾，因為日式餐，你們要客訴我，那就請便吧！抱歉了。」

## 空中老爺的逆襲

進行餐點服務的時候，我經過坐在十A、十B的金先生和金太太，端著香氣四溢的美味牛排繞過十A和十B，然後遞送給十C的乘客。

「請好好享用這份美味牛排。」

餐車推到十C座位，刻意強調說：「冰淇淋很好吃喔，貴賓，您要不要享用呢？……好的，我替您在冰淇淋加上香氣濃郁的巧克力醬，再加點草莓醬如何？……好的，這份聖代一定很美味。十C的貴賓，請您好好享用。」

十A和十B的金先生和金太太就像是嘔氣的小孩，半瞇著眼看著人家吃香喝辣的，然後故意裝睡，假裝不在乎。

餐點服務結束後，金先生偷偷跑來廚房找我。

「座艙長，你們的牛排煮得實在太香了，那香氣讓我和我太太都睡不著。你們真不應該把食物煮得那麼香來誘惑我們！如果可以，不知道我們兩人現在可以吃牛排嗎？」

我回答：「不好意思喔，剛剛我們沒有怠慢不服務二位吧？因為沒有日式餐，所以二位的第二選擇是不吃，因此，我只能尊重你們的選擇啊！還有剛剛二位不是說一定要投訴我，因為沒讓你們吃到日式餐嗎？」

金先生露出不好意思的微笑。

「誤會啦！我們不知道你們的其他餐點這麼好吃，不好意思啦！那我們可以用餐嗎？」

「好的，讓我看看我們還有什麼餐。」

我也露出了禮貌的專業微笑說。

查了一下廚房裡的餐點，我說：「金先生，真是不好意思，牛排只有一份了。另一位只能吃魚排喔！」

他再度露出不好意思的微笑。

「什麼都好，什麼都可以啦！」

「好的，那我請我的同事替二位準備餐點。祝您用餐愉快。」

金先生滿意地回到座位上，等待用餐。

## 客訴我，先抽號碼牌吧！

聽到「客訴」，難道我不怕嗎？

客訴我，先抽號碼牌吧！

或許是因我所服務的是外商航空公司，在這裡，每個組員都有各自的權利與義務。按照公司的規定做事，有何錯誤？因此，一旦遭到乘客挑戰，只要是對的、合理的，公司沒有理由找我們麻煩。至於「服務態度」，這更是一種廣大沒有標準的東西。客訴服務態度不佳，那可能要集合很多人的看法才能「判刑」，並不是單一主管就能下定論的。

這麼大的一家航空公司，無論上上下下做得怎樣辛苦，確實還是會有令乘客不滿意的地方，所以客訴的人真不少，處理上需要一定的時間。因此要客訴，請先抽號碼牌。

在我們公司，當接收到乘客要客訴或遇有任何不正常情況時，我們會上網寫一份「非正常情況的報告」，將事情的經過、發生的原因提供給相關部門參考，再加上乘客的客訴內容，整個狀況是否違反安全規定、是否違反人性，會經過該部門很多人的討論才決定懲處。也因此，我們空服人員可以保持專業的自信，在機上處理各類事件，而不會因為一句「客訴」就馬上順從乘客的不合理要求。

若整個公司的文化只會一味地迎合「客訴」的要求，而完全不考慮是否合理、是否符合安全規定，甚至不分是非就處罰員工，為了自保，員工只好迎合顧客的一切要求——但是，這就叫「好」的服務嗎？

因為怕客訴，每件事都要講求「服務態度」？好吧，假設用在警察身上。警察說：「不好意思，強盜先生，請你把手舉起來，讓我逮捕你，銬上手銬。」強盜先生回說：「警察先生你服務態度不佳，口氣很差，我要客訴你！」而警察因怕被客訴便說：「不好意思喔！那要怎樣銬上手銬，你才能比較滿意？求求你不要跑！請讓我為你銬上手銬！麻煩你了，謝謝合作。」

因為怕客訴，要講求「服務精神」？那用在醫護人員急診室中看看吧。病人被送到了急診室，醫護人員說：「病人您好，歡迎來到本急診室。基於您的病情，我們現在要為您打針，目前有買一送一的專案，您可以選用一針，我們再送您一針，十六號針至二十四號針有各種顏色讓您選用。我們會親切地使用您選的針頭施打，也許比較不痛。」（打針太痛也要客訴醫護人員，不是嗎？）臨走前，醫護人員還要出來鞠躬送行：「謝謝光臨，期待不久的將來還可以繼續為您服務。」

難道，這就是你我所要的服務嗎？

空中老爺的日常

# 高卡會員，對不起，我不會寵愛你

## 自恃曾是銀卡會員的乘客

航空公司設立會員制，是為了吸引乘客有更高的忠誠度，促進更多消費，理所當然地，不同等級的會員所享有的福利也不同。

然而，現代的社會文化鼓勵「拗」，加上某些企業文化為了息事寧人的寵愛與溺愛，因此造就了「玻璃心」的高卡會員，將自身權益無限上綱，要求第一線服務人員滿足過分的要求，只要未達目的便大吵大鬧，還理直氣壯，覺得自己受了很大的委屈。

某日，我搭乘外商航空公司的班機由台北飛往東京。一直以來，我都是這家航空的忠誠會員，擁有該公司的銀卡會員資格，所以辦理登機手續時，直接排到銀卡會員的專屬櫃檯。

這時，眼前有位小姐與地勤人員發生了爭執，她激動地說：「我是你們的銀卡會員，就該享有特別的待遇啊！我的行李二十八公斤，雖然你們規定是二十公斤，那又怎樣？我是銀卡會員，你們不該收我超重費的啊！這什麼服務？」

地勤人員回應：「小姐，感謝您對本公司的厚愛，但您在六個月前已從本公司的銀卡會員被調整到普通的綠卡會員。所以現在按照普通的綠卡會員福利，您的行李二十八公斤就是超重。很抱歉，您可以選擇拿出這多餘的八公斤，或是您也可以付行李超重費，我也非常樂意替您處理，謝謝您的合作。」

小姐生氣地說：「可是我曾經是你們的銀卡會員，這樣的服務太差勁了！」

地勤人員依舊保持平靜地說：「小姐，您現在是綠卡會員，很抱歉，請付超重費或是把多餘的八公斤拿出來，謝謝合作。」

最後這位小姐選擇把多餘的八公斤物品拿出來，雖然她一邊拿，一邊不斷生氣地念著：「我曾經是銀卡會員啊！」

## 眼中只有高卡會員的空服員

儘管航空公司基於要吸引更多忠誠的顧客，因而對於高卡會員會有不同的禮遇，但是寵愛也應該適可而止。

有一次，我搭乘另一家航空公司的班機從東京飛回台北，由於航班客滿，所以我買了商務艙的機票。這家航空公司，我還沒達到高卡會員等級，因此當天就是一個搭商務艙的普通乘客。當天商務艙是全滿的，所以空服員相當忙碌。

在機艙門關閉前，一個自稱「機艙領導人」的男子前來向我旁邊的兩位乘客致意。

「兩位高卡會員好，我是本班機的機艙領導人，我叫李大同、李大同，如果有任何需要服務之處請吩咐我，我叫李大同，謝謝搭乘。」

在這個全滿的商務艙裡，李大同先生只來我旁邊向兩位高卡會員致意。我想其他的乘客應該就是沒有身分的隱形人，所以當然沒有得到李大同先生的注意。

起飛之後，在供餐的過程中，李大同先生又走到我身旁兩位高卡會員的位置，送上餐盤，接著說：「兩位高卡會員請慢慢享用，我叫李大同。」

添加麵包時，他還是說：「兩位高卡會員請慢慢享用，我叫李大同。」

接著添加酒，他又說：「兩位高卡會員請慢慢享用，我叫李大同。」

整趟飛行，「機艙領導人」李大同先生只服務這兩名高卡會員，不管其他空服員再怎麼忙碌，他完全視若無睹。

最後，他送上了其他商務艙乘客都不知道的好酒給這兩位高卡會員，接著說：「希望兩位高卡會員滿意我的服務，我叫李大同。」

接著他拿出顧客意見函，說：「兩位高卡會員應該很滿意今天的服務吧！感謝二位可以給我們公司一點迴響，我叫李大同，謝謝。」

整趟飛行期間，「李大同」三個字不斷在我耳邊迴響。

我可以感受到身為機艙領導人的他有很大的業績壓力，所以他必須如此辛苦地不斷告知高卡會員，「我叫李大同」。我也替這兩位高卡會員感到幸運，他們可以得到李大同的「寵愛」。然而，那些沒有得到李大同「寵愛」的其他商務艙乘客又會怎麼想呢？

另一方面，我也替李大同的同事憂心。他們以後該怎樣滿足這些高卡會員呢？當高卡會員坐在經濟艙卻索求商務艙的服務，或者坐在商務艙卻要求更特別的服務時，該怎麼辦呢？

## 金卡之上，還有全球卡

接下來這段與金卡會員過招，則是我的親身經歷。

東京飛往芝加哥的七七七班機，我是當班座艙長。正當我在頭等艙忙得如火如荼時，一位商務艙的同事前來告知：「座艙長，坐在商務艙九Ｂ的乘客要找座艙長申訴。」

我查了一下名單：九Ｂ的印度籍賈汀先生，在公司的高卡會員制度中是「金卡會員」（gold card）。

金卡已經是滿高的等級了，但在公司的遊戲規則中，還有更高一級的「全球卡尊榮會員」（global service），這個等級的旅客幾乎天天都在搭我們公司的飛機，可說是第一號忠實顧客。

我走到商務艙的九B座位旁，表示：「賈汀先生，您好，我是本班機的座艙長空中老爺，有什麼可以替您服務的地方嗎？」

賈汀先生說：「我是你們的金卡會員，我想喝頭等艙的香檳，可是你們的空服員拒絕我。這是什麼服務啊？我是金卡會員耶！」

我立刻後退三步，向賈汀先生做了一個九十度的鞠躬，並說：「賈汀先生，謹代表我們公司感謝您，感謝您是金卡會員、金卡會員、金卡會員。」

不但說三次，當然也要讓前後左右的乘客都聽到。

接著我靠近賈汀先生，指著手中的乘客，輕聲地在他耳邊說：「這是祕密喔！您的前面、旁邊、後面，前三排的那一位，還有後兩排的那一位，他們都是金卡會員。其實我們公司還有一種更高等級的會員叫『全球卡尊榮會員』，賈汀先生，你可能還要再多飛一點，就可以享有更多福利了。」

旁邊其他商務艙的乘客竊竊私語著：

「金卡會員？」

「就金卡會員而已啊，有什麼了不起？」

我繼續說：「頭等艙的香檳是給頭等艙的乘客飲用，如果賈汀先生這麼喜歡頭等艙的香檳，歡迎您下次搭頭等艙，就可以享用到了。或者，我可能要去詢問頭等艙的乘客，願不願意分享頭等艙的香檳給在商務艙的金卡會員您，需要嗎？」

賈汀先生自知理虧地說：「不用了，不用了，我還是喝你們商務艙的香檳就好了。」

我立即前往商務艙廚房，拿了香檳倒給他。

「來，來，多喝幾杯，這香檳也挺好的，不是嗎？謝謝您是金卡會員，盡量喝喔！」

賈汀先生最後喝了很多杯的商務艙香檳，而整個航程很平靜地抵達了芝加哥。

什麼樣的身分就享受什麼樣的福利，這是做人的基本道理。而過度的寵愛、溺愛並不能造就更多忠誠的顧客，反而可能衍生更多的悲劇。

高卡會員，對不起，我不會寵愛你！

# 親愛的，你懂的！

## 憤怒的乘客

這趟航班是從芝加哥到東京。飛行途中，我們遇到了不穩定的氣流，機長亮起了「繫緊安全帶」的信號燈，同時廣播：「各位旅客，飛機現在通過一段不穩定的氣流，為了您的安全，請您盡快回到座位上，並且確實把安全帶扣好。」

緊接著便是空服員開始巡視每位乘客是否繫上了安全帶。

就在這陣顛簸過後，坐在經濟艙二十H座位的湯瑪士先生立刻來找我，難抑怒氣。

「座艙長，我要客訴你們空服員的態度不佳！」

「請問發生了什麼事呢？」

當乘客與組員之間發生不愉快時，機艙總管必須先傾聽雙方的說法，確實了解來龍去脈，才能進一步做出最合宜的判斷。

「就是那個叫凱西的空服員……」

湯瑪士先生開始氣憤地訴說。

## 表達關心是一門藝術

原來是剛剛在不穩定氣流中檢查安全帶的時候，凱西和湯瑪士先生有一段不愉快的對話。

凱西是個剛飛六個月的新進空服員。

當時，湯瑪士先生沒有繫安全帶，凱西注意到了，她盡責地說：「先生，請您把安全帶扣上。」

這句話是基本且重要的提醒，真正惹毛湯瑪士先生的，是她接下來的補充說明。

「遇到亂流時，若您未繫好安全帶，會有被甩出去的危險，而甩出去就會受傷，受傷就會死亡。先生，我是關心您的。」

這位小姐真的這麼講嗎？也太誠實了吧！

我先不做任何認定，直接詢問凱西事情的經過。

「是的，我確實是這麼提醒二十H的先生。」凱西很坦然地回答，不覺得有什麼不妥。

我相信凱西是真心關懷乘客的安全，但這些大道理聽在湯瑪士先生耳裡，只覺得是在詛咒他，因此，反而讓他非常不開心。

關於這件客訴，你認為應該如何解決呢？

首先，身為座艙長的我來到二十H座位，向湯瑪士先生致歉。

「湯瑪士先生，很抱歉，我們空服員的言語態度的確有不適當的地方。她很盡責地做她分內的工作，檢查安全帶，這是在維護機艙乘客的生命安全。但是的確，她的表達方式有待改進，我們也會加強訓練。」

我簡單明瞭地點出重點，表達歉意的同時，也讓他理解了空服員的職責。

空中服務的延伸智慧

## 言語、眼神和表情並用

對乘客表達關心，不用說一堆大道理，否則聽在對方耳中，有時反而變成一種「警語」。

在與湯瑪士先生的簡短談話中，我運用了「親愛的，你懂的」眼神和表情，藉由彼此心靈相通，讓他明白我想表達的，因此平息了他的不開心。

## 話要說到心坎裡

接著，我也與凱西進行柔性對話。

起先，湯瑪士先生的反應令她感到莫名其妙，她不以為然地說：「在空服學校裡，講師都是這樣教的啊！遇到亂流時，若未繫好安全帶，會有被甩出去的危險，而甩出去就會受傷，受傷就會死亡。我說的道理都是真的！真搞不懂湯瑪士先生有什麼好不開心的，還覺得我在詛咒他。」

我慢慢地向她解釋。

「凱西，你所說的道理都是真的，你也是盡你的職責在關心乘客，維護他們的生命安全。但是當你在說這些大道理時，忘了顧及對方的感受。原意是關心，說出口的卻是令人不舒服的警語，換成是你的話，應該也不會太舒服。」

凱西一邊聽，一邊在思考著什麼。我繼續說明。

「當你在講那些大道理時，容易讓人感覺你表現得高人一等，於是你和對方之間存在著不能溝通的關係，彼此也不會有信賴感，不管說得再多，也只是使對方討厭、不耐煩罷了。說話就是要把話說到心坎裡，你的關心才能被對方接受，親愛的，你懂的！」

沒有令人討厭的大道理，也不用冠冕堂皇的言詞，凱西明瞭了我的話，決定去向湯瑪士先生道歉，而結束了不必要的客訴問題。

人與人之間的相處，本來就不可能有完美的想法和意見。不同的想法和意見永遠是存在的。然而當我們真心顧及對方時，對方也會以真誠的方式與我們溝通。不需要那些令人反感的大道理，彼此的交流不但可以更融洽，也避免了不必要的芥蒂產生。

親愛的，你懂的！

## 走過SARS風暴

### 一班飛機只載了六十名乘客

二十一世紀的「新瘟疫」SARS（嚴重急性呼吸道症候群）如狂風暴雨般來臨，曾經被大家一度以為是本世紀的黑死病，最後卻莫名其妙地消失無影蹤。

二〇〇三年的五月，走在台北街頭，N95口罩成了當時最「熱門」的必備配件。人與人之間因為戴著口罩，無法看到彼此的真面目，不再有任何熱絡的交流，因此更加深了陌生感及疏離感。

捷運上、公車上、餐廳裡以及其他公共場所中，大家都避免交談或觸碰，總怕接觸到了，自己會成為下一個SARS感染病患而被隔離，或最後死亡。人們防護著SARS，彼此卻也築起了一道牆，阻斷了溝通。

走在空蕩蕩的中正機場（桃園國際機場），沒有人出國，機場天天創下開場以來的旅客新低紀錄。

歐美旅客不敢飛到亞洲，而台灣人對於飛行也卻步，再加上飛機上「零感染破功」的新聞，對整個航空業真的是雪上加霜。

在密閉機艙裡，我們空服員也全都戴上了口罩，服務的過程中則一定要戴上手套。雖然如此，心中難免會有許多的擔心。不過，我還是正常上班，飛行於台北和美國舊金山之間。

然而，一架原本可載兩百六十九人的七七七飛機，一趟卻常常載不到五、六十名乘客。實在沒有人知道航空業的蕭條要到何時。

## 以包容消弭歧視

這天，整架七七七班機的乘客只有大約六十人，我是當班座艙長。

才剛起飛沒多久，就聽到經濟艙有吵鬧的聲音，我趨前一看，只見外籍乘客S先生正對著一名亞洲婦女叫囂著：「你們亞洲人是SARS！你們將骯髒的疾病帶到全球，你們離我遠一點！」

那個亞洲婦女沒出聲回應，只是蜷縮著身子，靠著機艙窗邊在發抖，望著他的眼神透出極大的恐懼。

我立即前去了解，但是，我也是亞洲人，所以S先生一看到便說：「不要過來！你是亞洲人，也有SARS，我不想和你說話，你走開！」

可是我走不了啊！我這個座艙長離開的話，誰來執行這個航班的任務？

我盡量平靜地勸說：「S先生，如果你很擔心、害怕，那麼這位女士也和你一樣害怕啊！SARS這種傳染疾病雖然來自於亞洲，但因此而歧視亞洲人，這是不公平的。身為地球公民的我們，彼此之間應該沒有性別歧視、種族歧視或物種歧視，在這樣的災難時期，我們更應該互相尊重、互相包容、互相扶持，這才是我們地球公民該有的認知啊！」

聽了我的話後，S先生低頭不語，思考了一會兒。接著，他還是保持遠遠的距離望著那位女士，冷冷地吐出一句話：「我很抱歉，讓你害怕了。」

雖然沒有真誠，更稱不上有感情的道歉，但我想S先生至少有一點點明白了，種族歧視並不能化解彼此的危機。

高空中的這個小小衝突很快落幕了，然而在平日生活裡，有多少像S先生這樣的人，只因為要自保，就激烈地排斥那些無辜的人？

走過SARS風暴，那段用N95口罩蓋住人際間信任的日子，人們生活在恐懼與不安之中，也讓我見識到世態炎涼，點滴在心頭。

PART 2

# 三萬五千英尺高空，看見愛

# 奈奈子的兒童餐

「Put yourself into one's shoes.」這是飛行多年來最令我感到受用的一句諺語，意思是要我們將心比心，有同理心，站在對方的立場來考慮事情。

若能夠耐心傾聽，讓乘客保有顏面，進而化解可能引發的爭執，即使不是最正確的處理方法，但這樣的同理心是一種魅力，也是一種主動關懷的貼心表現，最後都可以大事化小，小事化無。

# 一位詭異的女乘客

那是由洛杉磯前往東京的航班，七四七的飛機，我擔任副座艙長，管理整個經濟艙乘客的大小事。

起飛後，進行飲料的服務，沒過多久，美籍牙買加裔空服員丹娜走進廚房向我抱怨。

「那個四十七C的日本女士是瘋了嗎？我問她要喝什麼飲料，她回答我：『我要一杯蘋果汁，同時也請給我女兒一杯她最愛的薑汁汽水。』可是我左看右看，四十七C旁邊坐的是兩個大男人，而且他們並不是一起旅行啊！但四十七C的女士卻要我給她『女兒』一杯最愛的薑汁汽水。是我眼睛有問題？還是她女兒坐在哪裡我沒看到？」

我問丹娜：「那你給她薑汁汽水了嗎？」

「給是給了，但我就是沒看見她女兒啊！她一定是瘋了！」她回答。

我對這樣的情況也充滿疑惑，但不能先入為主地認定是對方瘋了。安慰丹娜之餘，我告訴她，讓我來處理這件事。

查看了乘客名單，四十七C的西村女士是日本人，訂的是兒童餐。這的確有點奇怪，但是乘客原本就有權利訂他們要的特別餐，所以也無法由此斷定其中有什麼問題。

## 為了實現對女兒的承諾

供餐的時候，我主動拿著兒童餐送到西村女士的座位，只見她的餐桌上，擺著一張小女孩的遺照。

雖然不是夜間飛行，但小姐你這是要嚇死誰啊?!

不過，我還是本著專業很客氣地問：「西村女士，我的同事剛剛不知有沒有把您女兒最愛的薑汁汽水，送到您女兒手上呢？不知道她坐在哪裡，我可以替她送過去？希望我們沒有服務不周的地方。還有，西村女士，您點了兒童餐是要給女兒的吧？我也可以為您送過去。」

西村小姐面有難色地指著那張遺照，說：「我的女兒奈奈子……在這裡。奈奈子生前，我們一起搭飛機時，她最愛喝的就是薑汁汽水，她也很愛飛機上的兒童餐，這些都是要給我的女兒奈奈子的。」

我不禁也心想：現在是演哪一齣啊？是我瘋了嗎？但還是帶著同理心，傾聽西村女士繼續娓娓道來。

「奈奈子是我的女兒，就是她。」

西村女士指著遺照說。

「我們是日本人，由於工作的關係，我們夫妻倆常要往來洛杉磯和東京。奈奈子從小也跟著我們這樣飛來飛去的。但是她得了癌症，就在今年去世了，她才十二歲。我答應奈奈子，只要我搭飛機，就會也帶著她一起飛行，並且為她準備她最愛的薑汁汽水和她最愛的機上兒童餐。很抱歉，這樣的要求可能造成了你們的困擾，但這是我唯一能替奈奈子做的事，真的不好意思……」

我也是有血有淚的人，聽了西村女士傾訴失去愛女的心痛和悲傷，我想，若換成是我有相同經歷，鐵定也不會好過。再看看那張遺照，照片中的小女孩奈奈子看起來不再可怕了。

「西村女士，不要擔心，這份兒童餐就給奈奈子享用。我們再為您送上一份餐點，讓您可以跟奈奈子一起用餐喔！」

我回到廚房，準備了一份餐點，還有一杯奈奈子最愛的薑汁汽水，端去送給西村女士，並對著遺照說：「奈奈子，要好好地和媽媽一起用餐喔！」

我看到，西村女士露出了笑容。

## 短短航程，深深的療癒

回到廚房後，我把整件事一五一十地告訴了丹娜。老美的她一開始直接反應：「什麼？這也太瘋狂了吧！」

但是我對她說：「Put yourself into her shoes，將心比心，你就能理解她的感受了。」

後來，丹娜也認同了我的做法。由於西村女士的座位屬於丹娜的服務區域，所以在提供飲料和點心時，她都會先和我套好招。她會問西村女士：

「不知道奈奈子想不想再來點薑汁汽水？」

「奈奈子要不要吃冰淇淋啊？」

這些看似愚蠢的言語動作，卻讓西村女士感受到空服員的關懷。

降落到東京後，西村女士主動來找我，說：「謝謝你，真的感謝你，奈奈子喝了她最愛的薑汁汽水，吃了她最愛的兒童餐，她非常快樂喔！感謝你做的一切。」

目送著西村女士離去的背影，真的希望西村女士早日走出失去親人的傷痛啊！

奈奈子，希望你吃到了你的兒童餐，一路好走喔！

空中服務的延伸智慧

## 同理心

一直以來，我都希望能夠成就每一位旅客快樂飛行，但現實生活中卻不可能面面俱到。我只能以「同理心」來服務乘客，不論是有形的協助或無形的關注，相信他們都可感受到那股關懷的魅力。

空中老爺的日常

# 沒有翅膀的天使

## 不要太早下定論

登機的時候，一位西裝筆挺的中年男子從擔任空服員的你面前走過，手上拿著手機，非常忙碌的樣子。此時，你不小心聽到了他的談話：「什麼？怎麼會這樣？」

你微笑對他說：「歡迎登機。」但是他沒有反應，反而臭臉以對，繼續走向他的座位。

你忍不住心想：「哼！真是沒禮貌。不回應問候就算了，還擺臭臉。那我也臭臉回你吧！」

這種「先入為主」的觀念，我們大部分的人都會有。但是現在，讓我們換個場景——

這位先生臨時被公司叫去出差。在前往機場的路上，車子爆胎了。好不容易趕上了飛機，卻接到家人來電告知，他心愛的女兒發燒到三十九度，而家中老母親不小心跌倒了，正送醫急救。

聽到這一切，他說：「什麼？怎麼會這樣？」

於是，你看到了他的臭臉與愁容。

知道了這些前因後果之後，還認為這位先生是沒教養，故意不友善嗎？還想要帶著臭臉來服務他嗎？

很多時候，事情可能不是我們所「看到」的那樣，所以不要太早下定論。

## 那恐懼的眼神

從泰國曼谷飛往日本東京的航班上，常會有來自「國際移民組織」（ＩＯＭ，International Organization for Migration）的乘客，通常是受到政治庇護的難民。

位於泰國「國際移民組織」分部的難民營成立於一九七五年，從一九九〇年起，以收容來自寮國、柬埔寨的難民為主。

沒有經過戰亂，我們不曉得戰爭之可怕。

失去了家人，失去了肢體的某部分，經過飢寒交迫，步行好幾萬里路，終於進入了「國際移民組織」獲得保護，在難民營中等待機會，等待著前往一個新的國度而獲得重生。這裡的每一個人都有他們的故事，而不是生活在這美好時代的你我可以體會的。

難民營的環境並不是太好，所以當知道有「國際移民組織」的航班時，在行前會議上，我們都會被交代不要供應牛奶（他們的腸胃可能會無法適應，而引發身體不適）。可樂、汽水這些現代化的飲料產物也不適合他們，會產生不良的體內反應。餐點則是特別為他們所準備的餐點，非常清淡，就是不希望在飛行的過程，讓他們的身體受到傷害。

我們是美籍航空公司，因此，每當美國政府大發慈悲開始接受難民時，「國際移民組織」就會安排他們搭乘我們的航班，前往美國重新開始人生。

走過戰亂，走過風雨，他們每個人都幾乎沒什麼笑容，不太能言語，也不太能表達，眼神中夾雜著恐懼感，大一點的聲音可能會造成他們的驚嚇。因此，在服務這些國際移民時，一定要更加細心、小心。

## 她只有一隻手

這一趟由曼谷前往東京的航班，機上名單寫著一百位ＩＯＭ，有隨行人員照顧。他們有的是一家人可以幸運地一起離開難民營，前往美國重生；但有的是十多歲的小妹妹帶著七、八歲的小弟弟；有的是身體某部位不健全，因為在戰亂中失去了……

每次看到這樣的乘客，我心裡總是很難過，也感嘆戰爭害了多少無辜的人民。

當天，我是座艙長，但頭等艙、商務艙沒有太多乘客，於是我主動到有一百位ＩＯＭ的客艙協助。

跟我一起推餐車的是台籍空服員Ｗ小姐，她是位善良的同事，但她也常用錯愛心，在航班中，偶爾會有小狀況發生。

供餐的時候，Ｗ小姐突然對ＩＯＭ中一個十來歲的小女生說：「沒禮貌，用雙手來接餐盤，不會嗎？」

天啊！這位Ｗ小姐今天是在當虎媽教育小孩嗎？尤其是對於ＩＯＭ，我完全不能認同她說出這樣的話。

接下來的這一幕讓我心酸又心痛，眼淚在眼眶裡打轉好幾次。

小女生說：「我很抱歉……但我沒辦法，我只有一隻手。」

女孩露出了用毛毯蓋住的那一側身體。

是的，她只有一隻手，她真的只有一隻手。你怎麼還要她用兩手接餐盤呢？發現因自己的無心竟傷害了小朋友的心，Ｗ小姐完全無視乘客，頓時就在走道上哭了起來。女孩也因為被誤解沒禮貌而開始啜泣。

不怕神一樣的敵人，就怕豬一般的隊友——這是我當下的感覺。

我要W小姐盡速回到廚房，讓她把懺悔的眼淚哭完，並接下她的工作完成餐點派送，同時向小妹妹道歉。然後，我進了廚房，和W小姐來場柔性對話。

「W小姐，你一定很難過自己剛才無心的話傷害到小朋友。你是善良的，但是這樣的無心，確實傷到了小朋友。我們一起想想，該如何彌補這個無心的錯誤。而剛剛你在走道上大哭，其他乘客以為飛機面臨了什麼無法挽救的危機，每個人都顯得相當緊張。乘客是仰賴我們的，我們的一言一行，一個表情或一個動作都會對乘客產生極大的影響。」

W小姐說：「我很抱歉，我失控了，真的不應該造成乘客的不安。」

空中服務的延伸智慧

## 以「我們」進行柔性對話

在事件發生的當下，生氣並不能解決事情。每個空服員都是成人，很清楚自己做了什麼，當個嚴厲的座艙長斥責或怒罵空服員，無助於解決眼前的問題。因此，我選擇用柔性對話。

在對W小姐說話時，我用「我們」，因為組員和我是同在一條船上。如果老是用「你」怎樣、「他」怎樣，組員不認為我們是同一陣線的，沒有任何的支持，只會讓事情更難解決。

## 帕拉

W小姐徹底檢討了自己，而同時我去找了「國際移民組織」的隨行人員，告知這個意外狀況，因而得知了小女孩的故事。

她叫帕拉，來自柬埔寨，今年十二歲。因為炸彈，她只剩一隻手，而家人都在戰亂中去世了。她在十歲時到了難民營，等待了兩年之後，終於獲得政治庇護，可以前往美國。

每個小孩都是天使來投胎的，但帕拉是個沒有翅膀的天使，她比別人更努力、更上進，所以英文說得相當流利。

聽說了帕拉的身世，W小姐和我都更加心酸了。W小姐緊緊地抱著帕拉，再次向她道歉，感情豐富的她又流下了懺悔的眼淚。

反而是帕拉用手拭去她的淚水，告訴她：「沒問題的，帕拉很堅強。不要哭。」或許帕拉這小女孩，比我們大人想的更堅強。

帕拉告訴我，她是多麼快樂，覺得自己多麼幸運，有這樣的機會到美國重新開始生活。她還說，她長大要當電腦工程師。眼前這個沒有翅膀的天使，經過戰亂摧殘，卻樂觀地面對人生，真的令人感動。

下飛機時，我給了帕拉一個大大的擁抱，也祝福她未來的生活順利、幸福。目送著沒有翅膀的天使消失在人群中，我似乎看到，一道正面能量的光圈隨之而去。

# 從李珊變成Sandy

## 菜鳥的天命

那年，我還是個菜鳥。

有一次，在一趟從北京飛往美國舊金山的七四七班機上值勤。同一航班的其他組員們都是有二、三十年資歷的前輩，而我是年資最淺的，所以我分配到的是經濟艙五R跳椅的工作位置。

五R的職務內容，舉凡發放嬰兒救生衣、安放嬰兒床、協助老弱婦孺殘疾上下機、發放入境表格、發送耳機等等，族繁不及備載。不過，反正自己資淺，所以我也非常認命地接受這個職務。

## 來了一個嬰兒旅遊團？

在機艙門關閉前，我看著手中的乘客名單——竟然有三十名嬰兒！

這是怎麼回事？難不成來了一個嬰兒旅遊團？

在機上，必須另行分配嬰兒救生衣，而我的職務，便是將嬰兒救生衣發送到每個寶寶的父母手中。

三十名，真的非常多，而且每個都是女嬰，真的好巧喔！

來到了五十六K座位——咦？不是嬰兒啊！看起來是個大約五歲的小女孩。

但是為了避免有錯誤，我還是開口確認：「布朗先生、布朗太太，請問你們的小孩年紀多大？」

布朗太太回答：「我們的女兒Sandy今年五歲。」

「五歲？那她不需要嬰兒救生衣，抱歉，打擾了。」

我說著正要離開時，坐在五十六K的小女孩對著我微笑，似乎在告訴我什麼。

有三十名女嬰在飛機上，機艙非常熱鬧。找了個機會，我詢問帶隊先生，原來是一群美國父母透過中介機構，要把這些女嬰帶回美國扶養。

飛機準備起飛了，我坐到了跳椅上。機身緩緩地退出空橋，準備飛往舊金山，而此時，我看到剛剛對我微笑的五十六K小女孩依偎在窗邊，眺望著遠方。

雖然才五歲，但她的表情帶著一股淡淡的憂愁，好像在想著：「以後我還會回來這塊土地嗎？」

飛機起飛，離開了北京，前往舊金山。

**李珊**

餐點服務結束了。乘客紛紛進入休息狀態，我們組員也準備稍作休息了。

剛剛的那個小女孩突然出現在廚房裡。

可能是布朗夫婦在熟睡，她頑皮地偷溜出來吧！當天，我是機上唯一亞洲面孔的空服員，其他的同事都是金髮碧眼，或許小女孩本能似地朝我走過來。

我問：「小朋友，你叫什麼名字啊？」

小女孩回答：「我叫李珊。」

李珊？……

我想起剛才與布朗夫婦交談時，他們說女兒叫Sandy。

小女孩說：「我叫李珊，可是那個和我長得不一樣的新爸爸、新媽媽，一直叫我『山地』、『山地』，好奇怪喔！」

才五歲的小女孩，竟然知道自己和新爸爸、新媽媽長得不一樣，我有點驚訝。

接著她問：「叔叔，這架飛機要飛去哪裡？」

我回答：「去美國啊！」

她又問：「那美國是什麼樣的地方？他們是不是都長得和我不一樣、說不一樣的話？」

我還來不及開口，小女孩似乎已經意識到要面對新環境的恐懼，大哭著說：

「我不要！我不要！」

面對她的反應，我的內心很糾結。

一個五歲的小女孩離開了家鄉，接著要面對一種全新的生活，她的內心應該是無比惶恐。

我試著安慰她說：「李珊，乖，沒事的。」

她夾雜著鼻水與淚水，又說：「叔叔，那我以後還會回來這裡嗎？」

我正要回答時，布朗太太出現了。

「Sandy，你在這裡啊！快跟媽咪回去。不好意思，希望沒有打擾到你們空服員。」

「Sandy」乖乖地跟著媽咪回到座位上。

## 你過得好嗎？

舊金山到了。

一對對的新爸媽喜悅地抱著自己的女寶寶下機，布朗夫婦也高興地帶著李珊下飛機，我卻注意到她面有愁容。

李珊，下了飛機，你就是Sandy了。帶著你的新身分，加上愛你的新爸媽，我相信你會幸福、健康地長大的。

至於你問我的問題：

「我以後還會回來這裡嗎？」

叔叔沒有答案，就讓你自己來解答吧！

西元二〇〇三至二〇〇五年間，我在北京飛舊金山的航班上值勤，常常會遇到這種透過中介機構，要把女嬰帶回美國扶養的父母團體。

而經過這些日子，我只想知道這些女嬰過得好嗎？

你們有快樂、平安、健康地長大嗎？

你們有好好適應美國的新生活嗎？

你們還會回來溫暖的家鄉嗎？

空中服務的延伸智慧

## 「跳椅」的代號別有涵義

在一個航班中，每張跳椅的代號代表了該名空服員的職務責任。而五R是指七四七班機第五門右邊的跳椅，等於菜鳥（就是資歷淺的空服員）坐的位置，也等於要負責所有的粗重工作。

# 她不重，她是我的真愛

## 不一樣的輪椅乘客

我的行前會議報表上註明了，在這趟由東京飛夏威夷的班機上，坐在商務艙八B座位的旅客田中小姐要求「走道輪椅」。行動不方便的旅客無法從登機門走到自己的座位，就會有這樣的需求。

一般的作業模式是：由機場服務人員推輪椅到登機門前，再換上走道輪椅將乘客運送到座位。

我是當班的座艙長，在行前會議上需要告知組員這些特別注意事項，並提供乘客協助。

依照正常程序，需要特別協助的旅客會先行登機，因為他們需要多一些時間安坐。

在開始登機後，我見到一位英俊挺拔的先生推著一位高貴美麗的小姐，旁邊有機場服務人員隨行。

但是這樣的情形有點怪，因為通常都是由機場服務人員推輪椅，而家屬或隨行者跟在旁邊的。於是我主動趨前詢問，是否為我行前報表裡所提到的田中小姐。

推著輪椅的英俊先生表示他是田中先生，他們是夫妻。此時，機場服務人員給我使了個眼色，我注意到眼前的情況有點特別，便告知機場服務人員：「走道輪椅已準備好，你可以協助乘客了。」

說時遲，那時快，只見田中先生一把抱起了不太輕的妻子，就這樣進入了機艙直達八Ｂ的座位。真的就像電影裡那樣一把抱起！

乘客主動這麼做，我們也就跟著過去八Ｂ位置做進一步的服務確認。坐在她身旁的田中先生正細膩地照顧著她。

我回到登機門，詢問機場服務人員剛才的情形。他告知：「不是我不推輪椅，而是那位先生執意要自己推，怕我們把他的太太弄傷！」

田中先生對妻子的呵護，讓我留下了深刻的印象。

## 田中先生的誓言

飛機起飛後，我幾次經過田中夫婦座位旁，總是看到田中先生無微不至地在照顧妻子，一下子把肉切成小塊，細細給她餵食，一下子替她蓋毛毯，怕她冷。看得出來是一對相當恩愛的夫妻。

進入大家休息的時候，田中先生恰巧經過廚房，我主動詢問：「田中先生，請問下機時，您是否需要走道輪椅以方便田中太太下飛機？」

他露出靦覥的笑容說：「真不好意思，我剛剛的行為讓你們有點不知所措吧？我們結婚十年了，當時是在夏威夷結婚的，所以我太太一直很希望再到夏威夷回味那段甜蜜時光。幾年前，她發生了意外，從此她的下肢是沒有知覺的，還有手也不靈活。由於她是行動不方便的人，所以我們必須告知航空公司，但過去有好幾次經驗，機場服務人員沒有很細心地推著我太太，讓她無意中撞到了，我看了很不忍心。發生意外時我無法保護她，但接下來的日子，我絕對不要讓我太太再受到任何疼痛！所以座艙長先生，謝謝你們，下飛機時，我還是會把我太太抱下機，不需要走道輪椅。」

我冒昧地再確認：「那沒有很輕喔，您真的不需要我們協助？」

田中先生眼神堅定地回應：「她不重，她是我的真愛，我要保護她。」

日本人一向不會太直接地表達自己的內心世界，但眼前的田中先生卻毫不猶豫地告訴我這些，我感動了，也很替田中太太感到幸福，有這樣的好丈夫在守護著她。

到了夏威夷，下機時，田中先生果然還是一把抱起了妻子，走到空橋換了他們自己準備的輪椅，夫婦倆甜蜜地離去了。

## 真愛的見證

其實我不大相信「天長地久」、「愛你一輩子」這種轟轟烈烈的愛情。人世無常，誰也不知道下一秒會發生什麼事。如果有一天，你的真愛變得不是原本你認識的那個人，可能受了傷或發生其他意外，你還會再繼續愛著對方嗎？

能夠說出這句話：「她不重，她是我的真愛，我要保護她。」那需要多大的勇氣啊！

什麼是一輩子的愛情？什麼是一輩子的夫妻？

到底又有多少人能守護著當初的諾言呢？

然而在這對夫婦身上，我看到真愛！

# 牽著我的手，我會帶你回家

## 阿嬤與桃太郎君

「阿嬤，我是空中老爺，我回來看你了。」
「你是誰？我認識你嗎？」阿嬤說。
「我是你的寶貝孫子，那個最帥的空中老爺啊！」我回答。
阿嬤說：「不認識。你不是我的『桃太郎君』，我的阿娜答嗎？」

我阿嬤出生在日據時代，是個童養媳，和結婚的那個人——也就是我阿公——沒什麼感情。阿公早早去南洋打仗死亡了。而在她的記憶中，大概只有初戀男友「桃太郎君」。

「是啦！我是桃太郎君。」我回答。

但下一秒阿嬤又說：「寶貝孫子，是你喔？阿嬤好想你喔！」

阿嬤一下記得我，一下又記不得我，而我的身分一下子是空中老爺，一下子是桃太郎君。在與阿嬤的對話中，我有各式各樣的角色，阿嬤不想忘記我，卻又記不得我。

那天帶著阿嬤在公園散步，我說：「阿嬤，你在這裡等我，我去便利店幫你買包你最愛的白長壽菸。」

抽菸有害健康，但已經九十三歲的阿嬤只有這唯一喜好。

「不要啦！桃太郎君，你要牽著我的手帶我回家。我會怕，我不要一個人在這裡。」

我聽了很不捨。我感受到阿嬤對寂寞的恐懼，她想回家，而桃太郎君的手牽著她回家，是她唯一可以感到安心的。於是我說：「好，來！桃太郎君牽著你的手，我會帶你回家。」

阿嬤露出了安心的表情。

而就在那個夜晚，伴隨著桃太郎的音樂，阿嬤閉上眼睛，安詳地回家了。

此後，在機上遇到年老的乘客，我總覺得特別有親切感，好像又見到了我思念的阿嬤。

## 大吵大鬧的老太太

這是東京前往舊金山的航班，七四七的飛機，我擔任這趟飛行的副座艙長，也就是經濟艙的總管，負責三百一十位乘客的吃喝拉撒睡。

起飛後，經濟艙的組員們在走道上忙著做飲料及點心服務，我則在廚房裡準備晚餐的餐點，突然聽見一陣狂叫。

「我不要吃！你是誰啊？」

聽到這不平常的吵鬧聲，我立即前往查看。

原來是四十J的一位老太太在大喊，她的鼻子裡還插著自己帶的氧氣輔助器。她把機上送的小餅乾丟到了走道上，滿地都是碎餅乾。

「好，好，不要吃，沒關係。我是你的老公喬治啊！你忘記了喔？」坐在她身旁的先生安撫她說。

「沒事吧？需要幫忙嗎？」

我一如往常地以專業的客套詢問，其實心想：夫妻吵架喔？怎麼會吵到連老公是誰都不認得啊？

「不好意思，沒事啦。是我家的小公主蘿絲在鬧小彆扭。我替你整理地面。」

「沒關係，沒關係，讓我來處理就好了。」我蹲下來清理夫妻吵架後的殘骸，並且又問了一次，「喬治先生，真的沒事嗎？」

「真的很不好意思，但真的沒事啦！」

喬治先生牽著「小公主」蘿絲的手說：「沒事啦！我是小布，你的初戀情人啊！乖，沒事沒事。」

「小布，是你？嗯，愛你喔！」

「小公主」蘿絲很熱情地牽著喬治先生的手，然後依偎在他的肩膀上。

哇，明明是老先生老太太了，還一下「小公主」蘿絲，一下喬治或小布的。好吧，這樣愛玩角色扮演，但只要不影響到其他客人，我也不會干涉，兩位開心就好。

## 天外飛來的菠菜義大利麵

供餐時間，我協助著送餐，為喬治先生那一排座位送上餐後，接著要送下一排。

「您好，請問今天要吃日式雞肉飯？還是菠菜義大利麵？」

這時，突然聽見一句大吼：「我不要吃！」接著一整個餐盤丟到了我身上。噢！好痛！

原來是公主又發脾氣了。

喬治先生滿臉歉意地對我說：「空服員先生，真是對不起，真的很抱歉。我替你清一清。」

「沒關係，我自己來處理。不過，這位『小公主』蘿絲似乎有些問題，不知道我有什麼可以幫忙的嗎？」

雖然我已全身髒了，但眼前想解決的是這位愛射飛鏢的公主的問題。雖然是難吃的菠菜義大利麵，但也沒有難吃到要丟出來啊！

喬治先生對公主說：「小公主蘿絲乖。你這樣亂丟東西，丟到大哥哥身上，這樣不對喔！小布不喜歡你這樣。」

公主說話了。「喬治，你在說什麼『小布』？你不是喬治嗎？」

「是的，我是喬治，你的老公。」喬治先生說。

看公主言語反覆，明顯有些不尋常，但我不便多問。

把全身處理乾淨後，我又拿了一份餐給喬治先生，說：「我想小公主會需要的。」

公主回道：「什麼公主？我是蘿絲女士。」

我連忙改口說：「不好意思，蘿絲女士，請您好好用餐。」

喬治先生對我使了個眼神，然後一口一口地餵起了妻子吃飯，鼻子插著呼吸輔助器的她進食不是太容易。

在此刻的平靜中，我看到了一對恩愛無比的老年夫婦。

## 小布與他的「小公主」蘿絲

熄燈就寢的時間到了，我注意到「小公主」蘿絲也安靜地睡著了。此時，喬治先生來到廚房，再次道歉。

「空服員先生，真的很抱歉，我的太太蘿絲給你們添麻煩了。」

我回應：「沒關係，我們應該替乘客服務的，真的沒事。」

喬治先生說：「可是我實在過意不去，這應該是我自己要承受的，卻影響到你，真的很抱歉。

「我的太太得了失智的毛病，加上她的呼吸器官有些病變，所以需要帶著氧氣輔助器行動。我可以感受到她的痛苦，所以她脾氣比較不好。而偶爾我還要配合著角色扮演，有時是喬治先生，有時是小布。

「其實，小布是我的小名，我們剛開始談戀愛時，她都是這樣叫我的。而她呢，有時是蘿絲女士，但當她忘記我這個丈夫的時候，則變成小公主蘿絲，那也是她腦海中對我存有的美好回憶。

「我們原本想在泰國退休的，但是她得病後，常吵著要回家，所以我這次決定帶她回我們美國的老家。她的記憶力一直在退化，身體上的毛病也愈來愈多，我也不曉得她到底還認不認識我。我想，她是想要記住我的，卻又記不得。」

對我這個萍水相逢的陌生人，喬治先生傾吐著內心的一片真感情。

「夫妻是一輩子的事，看著她這樣痛苦，我也不捨啊！但是我只能趁她還記得我的時候，牽著她的手，告訴她『我愛你』，因為下一秒，她可能又不知道我是誰了。

「牽著她的手，她得到安定，牽著她的手，她知道我會帶她回家。在人生最後的階段，可以陪她的人就是我，不論我是小布，還是喬治。所以空服員先生，真的非常抱歉，剛剛小公主蘿絲造成你那些麻煩。」

「真的沒事，不要緊。」

這時，我心中真的只有滿滿的感動。

昏暗的機艙內突然又傳來尖叫聲。

「小布，我要上廁所！小布，我要上廁所！」

喬治先生說：「你看，我又變成小布了，我要趕快去服務我的小公主蘿絲了。」

## 牽著手，一輩子

抵達舊金山後，下機前，喬治先生再度跑來向我致歉，接著他回頭牽起「小公主」蘿絲的手，說：「我愛你，牽著我的手，我會帶你回家。」

這句象徵著一輩子的承諾，在他講來卻如呼吸般自然。

我耳邊響起那一段話：「夫妻是一輩子的事……我只能趁她還記得我的時候，牽著她的手，告訴她『我愛你』，因為下一秒，她可能又不知道我是誰了。」

目送著兩人離開，無論是喬治與蘿絲，或小布和小公主，我都寄予深深的祝福。

# 走過九一一

有些事想記卻記不起來，有些事想忘卻忘不掉。如果可以，我真的希望這一切悲劇都未曾發生。

二〇〇一年的九月十一日，我搭乘了自家的航班飛往美國，用的是空服員優惠票，雖然很便宜，但是得機動地候位，沒位子時則要聽天由命地等候補，所以我們俗稱為「乞丐票」。

多年來，母親從未送我到機場，那一天她卻特別起個大早，開車送我去搭機，與我道別，冥冥之中好像在告訴我什麼似的。

沒有多想，我搭上了前往舊金山的班機。

## 不尋常的機艙氣氛

那天我是乘客，坐在七四七—四〇〇上層的商務艙。

這是個我再熟悉不過的航班了，所以什麼時間該飛越哪裡、該到哪裡，我都是很清楚的。加上當時的飛機配有空中飛行圖，所以乘客可以很方便地知道自己的飛行位置。然而，在離舊金山還有三個多小時的航程時，空中飛行圖突然整個關閉，這是極度不尋常的事。

同時，當班的座艙長進入了駕駛艙，出來之後面有難色。我不是值勤的空服員，所以也不方便多探聽什麼。

此時只看到我的同事們一陣匆忙，準備降落。

不會吧！還有三個多小時才到舊金山，卻突然準備降落，那就是有大事發生了！

機長沒有做任何廣播，大部分的旅客還在昏睡中，飛機就這樣降落在一個我不熟悉的機場。

等到機艙門打開，乘客被要求下機時，地勤人員才告知：我們公司的飛機被劫機，而且去撞了紐約的世貿中心，死傷慘重。而同時另一家美籍航班也遭劫機，發生了悲劇……

所有飛機都被禁止進入美國領空，所有機場也關閉而無法起降。

機長和組員無法在機上以廣播告知，擔心機上或許有同夥的歹徒，所以沒有打草驚蛇，就這樣降落在加拿大溫哥華機場。

## 在加拿大成了難民

此時，我的手機響了，電話那頭是我哭泣的妹妹。新婚的她正在奧地利維也納度蜜月，看到了新聞，而我母親更是擔心地不斷要她想辦法聯絡到我。

「我們都好擔心你就在那班飛機上。你們公司的飛機就這樣撞在紐約的世貿中心，我們好怕失去你！」

我當然了解那樣的場景，不想讓我的母親和妹妹有任何不好的想法。

「我沒事，現在人在溫哥華。我再聯絡你們，讓你們知道我的後續狀況。」

第一次看到有五十架七四七降落在溫哥華機場。地勤人員協助乘客、組員們搭車過邊境去西雅圖，然後再到目的地舊金山。

拿乞丐票的我，地勤人員無閒照管。

「你拿的是台灣護照，由於這是意外事件，加拿大政府會給你一個臨時的難民簽證，讓你待個三十天後，你再想辦法離開加拿大，前往你的目的地。」

天啊！我成了難民！

離不開，只能找飯店住吧，誰知所有飯店都是客滿。也難怪，畢竟這個機場是一下子要接待像我一樣的大批難民。

出了海關正在煩惱落腳處時，有個好熟悉的聲音叫住我——不會吧！那是我在加拿大航空的好朋友米契爾。

他說：「不是說好了你十月要來加拿大拜訪我，怎麼現在才九月，你就出現在這裡啊？」

我只能苦笑。

「要不是今天飛機的意外事件，我成了難民，不然我怎麼會在這裡出現？」

米契爾剛從香港飛到溫哥華，遇上九一一事件造成班機大亂，所以在機場協助需要幫忙的人，沒想到卻碰上我這個成了難民的多年好友，便邀請我暫住他家。

在這樣的時刻，米契爾真是我的貴人。

## 回不了家嗎？

看了電視，才知道九一一事件的前因後果，而那每次飛機撞擊世貿中心的畫面都讓我心痛又難過，我好難想像那些遇難同事們當時所受到的劫難。那樣的畫面一次又一次地在腦中重複播放，我真的無法入眠。

有一個星期，全世界的航班都無法正常飛行，我也無心再前往美國辦事。但此時的台灣來了一個納莉颱風，造成極大損害，飛機也無法正常飛行。就這樣等了十多天，總算等到期待已久的位子，機票再昂貴也不管了！我告別了貴人米契爾，終於回到了台北。

見到我平安歸來，母親真的是又哭又喜，她說：「再也不要載你去機場了！那天就覺得怪怪的，好怕失去你。」

我當然可以了解母親的感受。

## 從裁員邊緣撿回工作

九一一後就沒事了嗎？

公司的災難正要來臨呢！

在這起劫難中，我們家損失了兩架飛機，整個營運出現很大的狀況，於是乎各部門精減人員。我們空服部由資淺的開始裁員，原本有兩萬一千多個空服員，裁到剩下一萬多人，不幸地，當時還屬資淺的我也收到了裁員通知。美國公司福利真的很好，但要裁員也不會有什麼補償的。

好不容易實現了美夢，當上空少，加上家中老的、少的還要靠我養，若裁員沒了工作，一切就完了。

可以想像中年大叔失業，一事無成，我覺得自己已經要走上絕路了！

但人生真的沒有那麼糟。此時，我們的空服員工會與公司達成協議，以兩名空服員共用一個月的班來度過這段時期：假設一個月有六趟班，那一人飛三趟，兩人都可以保有收入，但公司減少了開銷。還有同事留職停薪三個月、六個月，或一年到三年不等。很多飛久了其實想休息的資深同事，可以利用這方式暫時休息，而資淺者則能保住工作。再來就是減薪百分之二十。

在這些方式的協調後，我總算能繼續這份工作。

## 成為「越洋通勤族」

然而，災難還沒結束！

二〇〇三年四月，SARS在全世界造成極廣泛的傳染，台灣受到了非常大的影響，搭飛機的人變少了。

到了那年的十二月，公司無法再順利經營下去，所以向美國政府申請破產保護，員工再減薪百分之二十，說是要「共體時艱」，但其實都是居上位者先把錢拿走了，苦了下面的人。

隔年，公司關了台北基地，我們兩百名空服員必須選擇到香港、東京、倫敦、法蘭克福等國際站工作。我和大部分同事都選了距離最近的東京。香港因為有身分資格問題，所以大部分的台灣同事是無法去的。

來了東京，一切就是自己想辦法。公司只要我們人在上班時間出現就好，至於其他的交通、住所等問題，都得自己想辦法。日本喜歡觀光客，但有點排外，所以一開始我可是處處碰釘子。但辦法總是人想的，總算一步一腳印，克服了在當地找地方落腳的問題。從此以後，家在台北的我，展開了從台北到東京「搭飛機上下班」的生活。

## 再怎麼波折，日子總是會過下去

二〇一〇年，公司突然和美國某家航空公司（業內暱稱「哈密瓜航空」）合併，我們被收購了，高層又是拿了錢就走，而我們得以保有原本的「名字」。

接下來，雖然是使用同樣名字的同一家公司，但是卻一國兩制，好的航線一條一條被「後母」航空拿去飛，而我們這些爹不疼娘不愛的孩子就是被減班、減航線、減人。

這樣的鬥爭不知要到何時啊？

不過，這一路走來，我有了一個心得：人生本來就有高低起伏。走過九一一之後，雖然一切都不是那麼平順，但日子還是要繼續下去。我還是相信未來是美好的，再大的危機、再大的困難，一切都會克服過去的。

空中老爺的日常

# 鬥鬥鬥！

## 瘋狂旅客想闖入駕駛艙

如果可以平安順利飛行，每趟都是快樂的旅程，有誰不想呢？但天空卻不是永遠平靜的，在我的飛行經驗裡，偶爾會碰上暴風雨，令人處理得精疲力盡。

台北到舊金山大約十二小時的飛行時間，航行到一半，乘客都在睡覺中，一切是那麼的安靜與平靜，打呼的、放屁的，聲音很容易可以聽見。

我是當班的座艙長，七七七—二〇〇的飛機，還沒輪到我的休息，所以我和另一位組員守著頭等艙聊八卦。此時，一位老伯突然哭號著衝向駕駛艙門，又是踹，又是踢！

我立刻反射性地大喊出平時訓練的口令：

「Door! Door! Door!」（門門門！）

驚醒的頭等艙乘客反應也很快，聽到我的緊急口令，立即配合我，加上同事，及時把老伯壓制在地上。不過老伯可不是省油的燈，力量之大，好幾個壯漢都無法壓制住，此時，平靜的航班開始變得不安寧了。

老伯的同伴在這時出現了，原來是坐在三十八B的強森太太。她說：「我先生有幽閉恐懼症，實在很怕搭飛機，但我們為了要回美國實在沒有辦法。上機前，我給他吃了安眠藥，希望他一路可以安靜休息著到美國，怎知睡到一半，卻發現他不見了！」

聽到哭號的聲音，又感受到機艙的不安寧，她跑過來看，果然是丈夫出事了。

「強森先生剛剛想要強行進入駕駛艙。」我告訴她。

在我們對話過程中，一旁的強森先生只是不斷地號哭：「開門！開門！我要出去！」

擁有蠻力的他，不斷抵抗那些壓住他的頭等艙乘客。我立即向機長報告整個意外狀況。機長要求我們用機上的手銬把強森先生固定在他的座位上，以防他再做出什麼危害飛行安全的事。

幸好，那天的頭等艙客人都是彪形大漢的體格，協助著將強森先生扛回了他的座位。

為了防止意外，我讓他坐在三十八A靠窗的位子，並提醒鄰座的強森太太有無安眠藥或可助安定下來的藥，讓他吃下，以防止意外再發生。

同時我請鄰近幾位乘客移位，同排的三十八C換了一個彪形大漢，前後排也都精心安排了體格有分量的旅客坐鎮協助，就是怕一旦有危險時，這些彪形大漢可以協助我，壓制住已陷入瘋狂的強森先生。

另一方面，我也要求組員去走道上安撫那些受到驚嚇乘客的心，畢竟航程還要飛下去的。

## 為了守護機上三百名乘客的安全

看似一切又重歸平靜，而這時也正好輪到我休息了，但是當我正要離開時，又聽見熟悉的哭號聲：「把門打開！」

強森先生這回把遮陽板整個都拆下來了！看來，用一個手銬固定他是沒用的。通知機長後，這回機長要我上手銬和腳銬。

說真的，要對一個老人做這樣的事，我有點不忍心，但我面對的是：機上有三百位乘客的安全，都必須靠我來守護。所以，對不起，強森先生，我必須把你五花大綁。

因為怕意外再發生，我也無法休息了。

而此時，一位台籍A空姐剛結束休息回來上工。她飛得比我久，是那種看到老人、小孩和動物就會發出憐憫之心的人。

看到老人被綁，她完全不問前因後果，主動趨前安慰強森先生。我告知我們剛經歷過的一切，她主動要求坐在他身旁，用她的愛感化他，讓他不再有暴力行為，一直到降落在舊金山國際機場。

看她這樣有心，我答應了。或許她有什麼特殊能力真能做到呢？

但是另一方面，強森先生踢駕駛艙門，已觸犯了美國聯邦民航機上的重罪，機長也通知了地面治安人員，所以一到舊金山，聯邦調查局幹員ＦＢＩ就會上機逮人。

飛了十二小時後，我們降落在舊金山。

## 衝突

機艙門開後，高壯的ＦＢＩ幹員馬上進入機艙與我對話。強森先生的座位在機艙後面，而且已上銬，為了保護強森先生的顏面，所以我們讓其他乘客先下機，然後ＦＢＩ再逮捕強森先生，把他帶下飛機……以為這就結束了嗎？

正當ＦＢＩ要換成他們的手銬逮捕強森先生時，我們那位超有愛心的Ａ空姐竟然跑出來對他們說：「不要抓他，他只是一個老人啊！」

我的天啊，這是在演哪一齣啊？

我這個座艙長再也忍受不了這種不理性的行為，對她怒吼著：「你不要插手！」

然而她怒視我說：「我恨你！」

從此長達五年的時間，她都不和我說話。

## 緊急口令，愈少用到愈好

遇到這樣的意外事件，機長和座艙長都必須在下飛機後開會進行檢討。

首先，當有人要強行進入駕駛艙時，喊出「Door! Door! Door!」（門門門！）的緊急口令，組員和駕駛艙附近的乘客便知道有危急事件發生。所以在那當下，我下這個口令的時機是對的。另一方面我也表明了，對方是老人，但我們必須有理性，考慮機上還有三百位乘客的安全為先，而不是感性地認為對方是老人就不能上銬。A空姐雖然完全不認同，但我不在乎！

下機後，我還必須去聯邦調查局做報告，說明這起意外的經過，然後馬上要寫報告給公司的安全部門。十二小時的飛行，再加上這些瑣事，等到終於進飯店休息已經是十七個小時後的事了，我真的累了。

機上的意外事件是種持久戰，不像在地面上，沒有那麼多的資源可解決事情。空服員常常要因為一件事而無法休息，連續地想辦法協助解決，很辛苦的。

如果可以，請帶著健康的身體、愉悅的心情，來和我們度過一段美好的飛行旅程吧！也希望不要讓我有機會用到「Door! Door! Door!」這口令啊！

空中服務的延伸智慧

## 「Door! Door! Door!」（門門門！）

在我們公司的飛機上，「Door! Door! Door!」（門門門！）的口令，是給每個組員及讓周邊乘客知道的一個警語，當有人要強行進入駕駛艙時喊出，大家就知道有危急事件發生。

# 人蛇航班

## FBI追逐戰

天啊！人與蛇共處在一架飛機內，這不是很可怕嗎？誰敢飛啊？

這也不是在拍電影喔！我要說的是「人蛇」航班。

台北直飛舊金山，這是一架七四七—四〇〇的飛機。一切都很順利，安全抵達舊金山後，一如往常，空橋也接上了，經過了十三個小時，終於可以呼吸到新鮮空氣了，真好！

打開機艙門，卻發現眼前在艙門口的，除了公司舊金山站地勤人員，還有幾個身材壯碩、真槍實彈的ＦＢＩ！

其中一個ＦＢＩ對我說：「座艙長，請你廣播要所有乘客保持原地就坐。」

我什麼場面沒見過，ＦＢＩ說的話我當然是照做了，同時心想：這一定是什麼大案件，不然怎麼會這樣勞師動眾，連ＦＢＩ都上了我的飛機？

配合，配合，空服員這時候就是配合。而且子彈是不長眼的，在旁邊好好看，不要太靠近大人辦案，以免傷害自己。

兩名ＦＢＩ直接走向四十三Ｃ的座位，要求那位亞洲乘客把護照拿出來，接著二話不說，人立即被帶走！

又有兩名ＦＢＩ直接朝四十八Ｈ的座位走去，同樣地，人被帶走了。

此時，坐在五十五Ｄ、五十七Ｈ的亞洲乘客一臉驚慌，突然衝到飛機最後端的洗手間，把自己鎖在裡面。但ＦＢＩ也不是省油的燈，兩人一組立即衝上前，敲門要他們出來就範。

而在這當下，維持秩序、不要讓乘客靠近，是我們空服員所能做的事。

ＦＢＩ幹員起先又是哄、又是叫，動之以情地要兩名乘客出來就範，「否則開槍的後果就不好了。」最後，他們硬是撬開洗手間的門，強行把兩名乘客帶下飛機。下機前，ＦＢＩ的頭頭未多作解釋，只告訴我：「謝謝你們的配合，乘客現在可以下飛機了。」

他們當然不會告訴我發生什麼事，我只是感覺剛剛看了一部警匪片。

## 拚死都要越過「那條線」

地勤人員事後告知，原來這些乘客就是所謂的「人蛇」，是偷渡而來的乘客，ＦＢＩ早就掌握了這些人的一切資料。

在早期，不法人士會利用中正機場（過去還是用這個稱呼），在轉機的過程中，提供假護照給對岸想成為美國人的民眾。

而這些人蛇都分散在前往美國的航班，一直是美國海關很頭痛的問題。

組員、機長，沒有任何人會被預先告知，畢竟這是ＦＢＩ的機密情報，所以當時我們只能在一旁看著這場官兵捉強盜的戲。

我曾經在美國機場，親眼目睹ＦＢＩ追著人蛇跑。人蛇先生有被教過，只要過了移民官線，就可以要求政治庇護。早期的舊金山機場真的有那條移民官線，只見他們拚死都要越過那條線，以獲得生存在美國的權利，但總是在最後只差千鈞一髮可跨線的時候，被ＦＢＩ逮捕。

那段時期，舊金山海關稱我們的航班是「dirty flight」（骯髒航班），不是罵我們髒，而是他們也知道很多不法人士就是利用我們的航班來偷渡，他們也很無奈。

這些年來，對岸應該沒有人想要冒這個險，去成為人蛇偷渡到美國了。

時代在改變，也希望航班都很順利，不會再有這種官兵捉強盜的事發生了。

# 中途轉降

在開始說這個故事之前，先提醒大家一定要有正確的概念：飛機上沒有醫生，也沒有神丹可以讓人生了病馬上好。發燒感冒就不要上飛機，空服員不是每個人都有醫護背景，不是每個人都可以把你從鬼門關救回來。

生病要去看醫生，有藥品也要記得隨身帶著，因為機上也不一定會有從事醫護工作的乘客。

一旦發生醫療的緊急狀況，飛機中途轉降，油料、食宿，以及乘客的時間、行程，每件事都會受到影響。

## 少女癲癇症發作

有一次從芝加哥飛回東京。芝加哥的十二月沒有讓人想多待下來的魅力，這種大雪的日子，大家都想準時起飛快點離開。

很幸運，雖然是大雪的日子，但沒有太多的等待，飛機準時飛離了芝加哥。一切都非常平順，起飛後三小時，所有的餐點服務也完成了。

正當我要安排組員們進行中場休息時，日籍組員石川突然從經濟艙匆忙跑來，急急地說：「三十三H的亞洲籍少女全身抽搐，有癲癇症狀，有友人隨行，我們正試著在旁給予協助。」

我趕忙先聯絡機長報告此事，接著跑到現場。同事正試著解開少女的衣領，協助她側躺，讓她保持呼吸道暢通。

我開始廣播尋找醫護人員，第一次，第二次……我心急了，今天怎麼這樣不幸運？機上一個護士或醫生都沒有，老天爺啊！我只好趕快聯絡機長，啟動MedLink服務。

少女是和一起在美國念書的同學同行，要回家過寒假。她說少女平常有帶藥，但這次搭機前把藥放在行李裡check in了，所以症狀一發作還真不知如何處理。

少女的情況並沒好轉，開始有咬破舌頭的現象。怎麼辦？怎麼辦？

就在這時，有位乘客自稱是外科醫師，前來協助。原來他之前睡著了，沒聽見我的廣播。

經過確認其執照，機長也同意後，醫師使用機上的緊急醫療箱，為少女打了一針，終於讓她暫時安定了下來。

MedLink並建議機長找最近的機場降落，讓少女可以就醫，以免有生命危險。

眼前有生病的乘客，要聯絡機長準備中途轉降，還得聯絡組員準備降落工作……此時，我真恨不得自己是千手觀音，可以同時處理好如此多的事。

## 轉降在《冰雪奇緣》的國度

機長告知，由於先前預計到東京要飛十四個小時，現在要中途轉降，得先洩油以保持飛機重量平衡，會需要點時間。如此一來，也給了我更多時間可以準備降落。

結果，我們降落在加拿大的艾德蒙頓機場。我這輩子還沒來過呢！飛機緩緩下降，只看到冰天雪地——這不就像動畫片《冰雪奇緣》裡的場景嗎？

這是一個比芝加哥看起來還更冷的地方。

機艙門一開，地勤人員與醫療人員馬上來把少女接下機。而在最後一刻我才知道，少女和同學都是來自台灣。同學必須陪同去就醫，我擔心學生沒有現金可以應付這樣的緊急狀況，剛好身上有一百美元，就交給了她。

兩人搭著醫療車離去了。事情告一個段落，可以重新加油起飛了。這樣應該不會影響到大部分乘客的行程了吧？

不！機長表示，這個艾德蒙頓機場，平常最大型的可起降飛機是七六七，當天特別允許我們的七七七降落，但是在降落的同時，機輪有受損，所以需要在地面等待我們公司的維修技工把備材送過來，維修好了，才能再起飛。

而這一等待，就是四個小時。

## 等待中的選擇

北國的夜來得很快，明明才下午三點多，天卻一瞬間變黑了。雪愈下愈大，乘客無法下機。

當時機上還有提供泡麵，所以我要組員開始在地面上準備泡麵，給乘客食用，雖然在機上，但還是冷啊！

同時，也請加拿大航空協助補足機上的水及飲料，因為實在不知道還要等多久。

工作的人力配置也很重要。我讓組員分批休息，保留一半的戰力繼續協助乘客。

當天是一位美籍組員克里夫的生日，依公司的福利，生日這天排班可以有多的「生日加給」。但這是根據生日當天在天空飛行的實際時間來算，所以在地面停留時間愈多，得到的加給會愈少。

克里夫很擔心影響到自己的生日加給，所以不斷在對我發脾氣。我只能跟他說：「我不能給你錢，也幫不了你什麼，但這是我們的工作，碰到了就是面對，停止抱怨吧！克里夫。」

另一位韓籍空服員崔小姐，由於母親住院，所以她很擔心地要趕快飛回日本，然後快去韓國探望母親。

我勸慰她：「我可以理解這樣的心情，但誰沒家人，誰沒父母，穿上制服，工作中就是好好面對你的乘客。你的母親會了解的，先給她打個電話吧！」

還有還有，大約有兩百五十張嘴巴不斷在問我：

「我的轉機怎麼辦？」

「我的行程怎麼辦？」

「我有生意要談，你們害我失去一筆生意，你們賠得起嗎？」

我當然都了解也都明白，但飛機現在就是飛不走。你們可以選擇在那裡狂罵狂叫浪費體力，讓自己充滿怨氣；或是選擇好好休息，醒來之後，飛機大概也可以飛了。

大家都以為空服員喜歡待在地面，但是在值勤中，待地面的時間並不是閒著，工作還是要做，卻是沒錢的，只有給所謂的「等待報酬」，一小時可能還不到一美元吧。

然而穿上了這件制服，一切就只能選擇面對。

## 下不了飛機的空服員

終於，機輪處理好了，班機要再準備上路飛回東京了！

此時，卻發生了組員飛行會有超時的問題，於是調度組要求機長先飛去西雅圖，然後公司準備一個機組人員來接手我們的航班，飛回東京。

從芝加哥起飛後，已經過了九小時。

飛了快三個小時，飛機抵達西雅圖機場，我告知組員們必須在這裡下飛機，與下一組人員交換。

沒想到正要打開機艙門時，地勤人員卻告知不要把門全開——於是，我只能利用一小道門縫和空服員督導對話。

空服員督導說：「非常抱歉，雖然你們快要超時了，但這個時間在西雅圖抓不到待命的空服員，所以請你們飛去舊金山，那邊的督導會準備好組員和你們交換，拜拜！」

關門。

完全就是怕組員會因為超時不幹了，所以來這套！

好吧，我們是專業的空服員，雖然已經十二個小時我都還沒瞇一下，但繼續敬業地飛去舊金山。

到了舊金山當地晚上十點，督導、地勤人員總算把一切都打點好了。乘客在舊金山過夜，航空公司負責飯店食宿。組員也下機休息，準備隔天當乘客回日本。

這樣的辛苦是值得的，至少忙了一陣，隔天可以不用上工。

我真正踏進飯店房間是晚上十二點，此時，卻接到調度中心來電：「我們發現先前的錯誤，你們只需要休息十二個小時就可以再飛行。所以，明天早上原飛機改在十點為你們起飛。祝你睡個好覺！」

這什麼跟什麼啊?!

但是又何奈。工作，專業，敬業——只能早點上床了！

## 辛苦終有意義

隔天，原班機、原乘客，還有原班人馬的機組員。

可能是公司安排得不錯，住好、吃好、喝好，每位乘客都是笑容滿面，沒有抱怨，也沒有哪個指著我說「我生意沒了，你賠得起？」的乘客。

很順利地就這樣飛到了東京，乘客們拍手鼓掌感謝我們，下機前並不斷對我們道謝：

「謝謝你們沒有拋棄我們，謝謝你們超時還替我們服務。」

頓時，這一切都值得了。

空中服務的延伸智慧

## 即時醫療協助MedLink

MedLink服務，是美國一家企業MedAire對於航空公司、遊輪所提供的即時醫療協助。在機上遇到醫療狀況時，機長或客艙組員用衛星電話聯繫MedLink，說明病人狀況，而MedLink會即時提供意見。

# 轉換心境，知足常樂

## 不能飛，你會怎麼辦？

一個颱風吹到台灣，航班取消，乘客辱罵地勤人員，要求起飛，要求加班機；而在國外的機場，聚眾辱罵地勤人員，覺得自己是台灣人被鄙視，要求合理的交代，場面很難看。

颱風，吹出了最醜陋的人性，自私且沒有同理心，真的很令人失望。

沒有人會刻意讓飛機故障而延遲飛行時間，也沒有人希望天氣不好而取消航班，或者故意讓乘客在機場打地鋪。

能不能飛，一切都是基於安全考量。

辱罵、抱怨是解決不了事情的。以同理心面對這樣的困境，知足常樂地看待遇到的順與不順，那一切問題才有機會迎刃而解，並且迎來一趟安全、美好的飛行。

## 機械故障，造成延飛

那天，我在一趟由東京飛往夏威夷的航班執勤，七四七—四〇〇的飛機，我是負責經濟客艙三百一十位乘客的總管，也就是副座艙長。

在東京，乘客都已登機，一切就緒並準備要起飛的時候，飛機卻突然出現機械故障的問題。由於需要更換零件，所以可能會有一個半小時的延遲。

機長做了廣播告知大家，而既然乘客都已經在機上了，所以我要求組員先提供水、飲料，讓乘客可以度過這等待的時間。

當天的乘客以日本人、美國人居多，並有一些亞洲人。聽見機長廣播報告飛機會延遲起飛，乘客們只是很淡定地坐在座位上，沒有暴動，沒有人辱罵為何航班要延遲，也沒有人要求賠償，這和在台灣的航空公司只要有延誤，馬上有乘客暴動、辱罵，完全是不同的景象。

## 可愛的米勒先生

在等待的空檔，我聽到了乘客米勒先生和兒子的通話。

「兒子啊，我現在人在飛機上。今天我是飛那個七四七—四〇〇的飛機。你知道嗎？七四七—四〇〇好大好大，是阿爸這輩子看過最大的飛機耶！我飛什麼航空？喔，今天飛的是那個××航空啦。

「兒子啊，你聽過××航空嗎？這是一家很棒的航空公司喔！他們有良好的飛行安全紀錄，雖然今天這架飛機有些機件故障的小問題，可是阿爸相信他們很快就會修好，然後安全地把我們帶回去夏威夷。」

空中老爺的日常

這真的是譯自米勒先生的話，雖然他這樣讚美我們航空公司，讓我有點臉紅。

「你知道嗎？我今天的座位是四十三J，它是個靠窗的座位……噢，不是，窗戶不是在我的座位旁邊，我是被兩個大漢夾在中間啦，可是啊，阿爸還是可以看到窗外的景色喔！而且真的沒關係，這椅子很好坐，我覺得很舒服。

「影視設備喔？有啊，這架飛機有一個像電影院一樣的大螢幕，大家一起看電影，雖然螢幕離阿爸的座位很遠，可是我覺得沒關係呀，還是很享受。空服員？有啊，空服員都面帶笑容，我一上機就感覺很受到歡迎，而且阿爸相信，他們等一下一定會提供美味的餐點喔！

「飛行時間嗎？大約是七個半小時，可是沒有很久啦，等你明早起床，阿爸就會出現在你床前囉！這一趟飛行一定會很美好的，你不用擔心。」

飛機已經延遲了，卻有乘客可以說出這樣的話，真的很令人感動。

最後飛機順利起飛，並且安全抵達了夏威夷，目送著米勒先生下飛機，我不禁想像著他的兒子起床後，見到父親的喜悅。

轉換心境，知足的人就能常樂。

# 離天堂最近的地方

「望著他健康地走進機艙，卻眼睜睜地看著他死亡，鮮活的生命就這樣逝去，我卻一籌莫展，心如刀割卻無能為力，那種煎熬足以將心碾成碎片……不是沒有憐憫心，不是沒有眼淚，但是，還有好幾百位乘客等著我守護，我只能堅強面對這一切。如果人的死亡都要上天堂，那在三萬五千英尺的高空安詳逝去，在這離天堂最近的地方升天，那也是一種福報。」

這一段令人聽了揪心不已的話，來自我的同事比爾座艙長，那是發生在巴黎飛往紐約班機上的一個真實事件……

## 大男孩……不想被救活？

那是九〇年代初期，當時在泛美航空工作的比爾座艙長，當天飛行巴黎到紐約的航班。

登機時，他注意到一個大約二十多歲的年輕男孩，面帶病容，卻是獨自旅行。但因他無特殊情況，所以就這樣上了飛機，起飛前往紐約。

然而，當航程到半途，空服員布蘭妮神情緊張地跑來找比爾座艙長，說：「不好了，十八C的一個年輕男子有癲癇狀態！我該怎麼辦？我從來沒碰過這樣的事，怎麼辦？」

她剛從空服員學校畢業，這只是她的第二趟飛行而已。

「布蘭妮，你必須先讓自己鎮定下來，否則要如何幫助乘客？如果不清楚該怎麼協助，快去查看你的空服手冊（空服手冊可說是空服員聖經）。」

比爾座艙長說著，並立即起身前往探視十八C的乘客。

十八C是一個叫丹尼爾的美國人，二十幾歲。眼見狀況不妙，比爾座艙長立即廣播詢問機上旅客之中，有無醫護人員。同時，也請布蘭妮去向機長報告這個突發事件。

今天運氣相當好，機上真的有醫生！確認過醫生的證件沒問題之後，他報告機長，使用了機上的醫療箱，給丹尼爾打了一針，先穩定住情況。

漸漸地，丹尼爾恢復了意識。

比爾座艙長問他：「你還好嗎？你似乎有些疾病，你有帶著藥嗎？」

丹尼爾卻有氣無力地說：「不要救我……」

比爾座艙長聽了，百思不解：一個有大好前途的年輕人，怎麼會要求別救他？他回應說：「你是我的乘客，在我的飛機上，我不能不救你啊！這違反了我的道德啊！」

但丹尼爾只是擠出力氣，反覆說著：「不要救我……不要救我……」

## 在溫暖的懷中，睡去

這樣的穩定狀態沒有維持太久，很快地，丹尼爾又陷入了昏迷。醫生判斷，應該還有其他的疾病在他的體內發作。

幸好，當天飛機沒有坐滿，比爾座艙長和空服員布蘭妮協同醫生，將丹尼爾移到了機艙後段的廚房內，繼續進行所有能做的醫療協助。

眼見丹尼爾的身體狀況愈來愈糟，醫生卻沒有任何儀器可以測知他到底生了什麼病，而且他還自我放棄般地不斷說著：「不要救我……」

那聲音，一次比一次微弱，而大家眼睜睜地看著，卻束手無策。

比爾座艙長問：「丹尼爾，你有什麼話要我轉告你的家人或親人嗎？」

他只是一再地重複說著：「不要救我……不要救我……不要救我……」聽在比爾座艙長耳裡，感到無比心酸。

如果死亡了沒有半個親人在身旁，那是一件多可悲的事情啊！

醫生檢視了他的生命徵象，遺憾地搖搖頭。比爾座艙長忍住激動，哽咽地說：

「丹尼爾，你可以相信我嗎？如果可以，你就安心地在我懷抱裡睡去吧！」

丹尼爾輕輕地點點頭，比爾座艙長就這樣把他當成自己的親人，抱在懷裡。感受到親人般的溫度，丹尼爾笑了，微弱地說了聲：「Thank you.」

接著，他慢慢閉上了眼，安詳地在比爾座艙長的懷裡睡去，儘管陌生，卻無比溫暖。

在急救過程中，比爾座艙長和布蘭妮曾經試著進行心肺復甦術，但醫生判斷這對於垂死的丹尼爾沒效，因為他身上的疾病已經造成致命的危害了。

面對這樣的狀況，布蘭妮泣不成聲，然而，比爾座艙長制止了她。

「布蘭妮，我們空服員的一舉一動都會影響到乘客。我的心裡是難受的，但是別忘了還有一百多位乘客在機上，需要我們守護著他們。請把你的眼淚擦乾，我們還要去面對乘客。」

## 空服員的堅定守護

比爾座艙長向機長報告了情況，接著將丹尼爾安放於經濟艙最後一排的座位，蓋上毛毯，讓他還是睡眠狀，並請醫生坐在旁邊協助。這麼做也是為了不要引起乘客驚慌。

機長告知機組員：「到了紐約的機場之後，會有醫護人員來把丹尼爾抬下機。我會廣播請乘客先不要起身，因為機上有乘客需要緊急醫療協助，所以要先行下機，而不是說有人死亡，以免影響到乘客的心理。」

抵達紐約後，正如機長所安排的，先讓醫療人員上機把丹尼爾抬下飛機，乘客沒有受到驚動。

而比爾座艙長和布蘭妮依舊站在崗位上，帶著慣常的笑容說著：「Thank you, bye bye.」目送機上的所有乘客離去。

## 空中服務的延伸智慧

## **空服員的「微笑」出自專業**

如果不是大愛的精神，你會為了一個陌生人，看到他的孤獨，而願意抱著他漸失溫度的軀體，讓他在臨終前感受到最後一絲人間的溫暖嗎？

空服員不是冷血動物，不是沒有感情，遇到這樣的意外事件，誰不會心痛？誰不會悲傷？

但正是因為身為專業的空服人員，必須想到機上還有好幾百位乘客，需要我們的守護。

如果因自己的情緒而造成乘客不安，那就不是個專業的空服員。因此無論發生任何歡喜或悲傷的狀況，在這三萬五千英尺的高空，我們都必須收起自己內心的真感情，帶著微笑，繼續在崗位上工作。

空中老爺的日常

# 陪你一直走下去

## 推輪椅的老父親

芝加哥前往東京，七七七的班機，這個航班，擔任座艙長的我是唯一的男性空服員。

登機的時候，一位老父親不時叮嚀著推走道輪椅的機場服務人員：「小心，小心，請不要弄傷我的兒子。謝謝，謝謝，謝謝你們的幫忙。」

我立即趨前關心。手中的乘客名單上註明，有走道輪椅需求的是坐在二十八C的理查森先生。

「您好，理查森先生。這位是？」

通常有這種需求的乘客是年輕人推著長者，今天的情況似乎比較特殊。

理查森先生說：「這是我兒子傑克。來，傑克，向這些幫你的人說謝謝。」

傑克大約三十歲出頭，臉龐帥氣，而下半身幾乎完全無法行動，開口說話也相當吃力，但他試著說：「謝……謝。」

這一句「謝謝」，可能要他使上洪荒之力啊！

「理查森先生，在機上如有需要請通知我，我會很樂意協助您的。」我說。

考慮到傑克在航程中可能需要使用洗手間，從座位上利用走道輪椅到洗手間，並不是太方便的事，而我是航班唯一的男性空服員，當然義不容辭地協助。

餐點服務的時候，我注意到，在用餐時，理查森先生深怕傑克會嗆到，特別幫兒子調整坐姿。他應該是已經照顧傑克很久了，所以很清楚如何能讓傑克好好地吃一頓飯。

## 愛得不平凡

飛行途中，理查森先生果真需要有人協助讓傑克使用洗手間。光從座位移動到走道輪椅上就已經是個極大的工程了，傑克的下半身完全沒有知覺，我和理查森先生必須合力抱起他，放到走道輪椅上。

而把輪椅推到洗手間之後，接下來的事情更不簡單。我們將傑克推到了馬桶前，我把傑克抱起來——我沒想到傑克的上半身是如此柔軟，沒有任何著力點——理查森先生則抱起他腰以下的部位。我們兩人費了九牛二虎之力，終於讓傑克憋了好久的尿可以得到解脫。

兩個大男人要協助傑克都如此不容易了，我更難想像，像理查森先生這樣的老父親，平常要照顧傑克有多不容易！

「父愛」是多麼平凡的字眼。

但這樣的愛，又是多麼不平凡。

## 美好地活下去

好不容易將傑克送回去座位休息後，理查森先生來到廚房，感謝我對傑克的幫忙。

「其實傑克在沒生病前，也是個活潑好動、事業成功的好青年。」

這位六十八歲的老父親緩緩訴說著。

「我老了，原本指望他來照顧我，現在的情形卻相反。我看著傑克從健康的一個人，在不知不覺中變得無法行動，彷彿從天堂慢慢跌入地獄，他的內心真的無法接受。他是我的兒子，看著他孤獨、悲傷、寂寞、絕望，當父親的我也相當不好受。

「傑克要的只是一種可以支撐、陪伴，讓他可以美好地活下去的信念。他躺在病床上已經太久了，他還有好多世界上的美景沒有看到，所以出門旅行雖然有很大的不方便，但我還是要一直陪他走下去。我們這次是要去看日本富士山的美景。」

說到這裡，老父親的眼神突然變得明亮。

「悲觀、絕望並不能結束痛苦，所以我和傑克決定讓生命更精采、更充實，讓生活更快樂，讓我們不再生活於恐懼和無力感之中。而這些經歷，最終也是我們生命中最珍藏的回憶。」

眼前這位老父親對於生命的定義，也讓我有了新的想法。幸福的傑克有這樣的好爸爸陪他一直走下去，而我也感嘆那些不懂得珍惜生命的人。

到了東京，得到很多人的協助，理查森先生推著傑克的輪椅下了飛機，而迎接他們的是那象徵著大和「不死」精神的富士山。

這條路雖然不好走，但是理查森老爸爸會陪著傑克，一直走下去。

# 沙茶牛肉炒麵

## 馬不停蹄地忙碌

台北前往名古屋，飛行時間大約是兩小時，七七七的飛機。這是一個「混合組員」的航班。我所服務的航空公司在世界各地有好幾個空服員基地，而有些航班會由幾處不同基地的空服員共同飛行完成。今天就是由舊金山基地加上東京成田基地的空服員，一起來執行飛行任務。

這天，我的身分是「經濟艙走道空服員」。

這趟航行，經濟艙有兩百二十一位乘客。而五名空服員的任務分配是：一位在廚房負責所有餐點、飲料；每邊走道各有兩個空服員，其中一人負責經濟艙從頭到尾的派餐工作，另一人負責推飲料車提供乘客酒、茶、水及各式飲料。

派餐負責人在派餐結束後，馬上要從經濟艙的第一排開始收取使用過的餐盤。而飲料車在第一輪供應結束後，則需補充所有飲品，然後再做一次酒、茶、咖啡的服務。一切完畢之後，兩位空服員必須去座位上收取所有剩下的餐盤及垃圾。接著，有負責賣免稅品的組員就要展開銷售工作。

在短短的飛行時間內進行這一連串的工作流程，服務也很難優雅，我們總是連喘口氣的時間都沒有，就準備要降落名古屋了。

## 「什麼？打包？」

擔任走道空服員的我在送完餐後，開始收餐盤，來到了四十一Ｇ的座位。這個位子坐著一位台灣籍婦女，看起來有一定年紀了。餐盤上是今日主餐「沙茶牛肉炒麵」，但她似乎沒什麼食欲，炒麵沒怎麼動過，我發現她若有所思地看著眼前的炒麵。

我出聲詢問：「阿姨，這麵不合您的胃口嗎？不好吃是嗎？需要我替您換另一種餐點嗎？」

我深怕乘客會餓到，尤其是個長者，所以雖然航程很短，時間很趕，但還是覺得要關心一下她的需求。

阿姨回答：「沒有啦，這麵很好吃，我吃得比較慢啦！」

我說：「既然如此，那請慢慢享用，我等一下再回來向您收餐盤。」

接著我回到了經濟艙的廚房。

沒多久，阿姨端著那份未吃完的沙茶牛肉炒麵進廚房，同時掏出了新台幣五百元，對我說：「這道沙茶牛肉炒麵太好吃了，請幫我打包。另外可以再給我兩份打包嗎？我要帶回日本給我的先生嚐嚐。」

「什麼？打包？」

我臉上露出了三條線。我遇過的乘客也不算少了，但還是第一次碰到有人要掏錢打包機上的餐點啊！

## 沙茶牛肉炒麵的回憶

或許是看我太驚訝了，阿姨開口解釋。

「我姓林，我的先生是日本人。過去我們在台灣經商，曾經大富大貴過，也曾經生意失敗，窮困潦倒過。現在我們住在日本，但我的先生臥病在床。今天看到你們的餐點『沙茶牛肉炒麵』，我非常感動，真的很想把這一份炒麵帶回去與他分享。」

原來過去生意失敗時，因為很窮，他們夫妻倆常常在天橋下的麵店，共吃一盤沙茶牛肉炒麵填肚子。兩個人只叫一盤麵，需要很大的勇氣。也因為這一盤麵，夫妻倆雖然生活困頓，卻仍然對彼此不離不棄，而且同心協力地度過了難關。

林阿姨說：「一盤沙茶牛肉炒麵裡，空心菜代表著平凡、簡單，牛肉代表了高貴與富貴，而沙茶醬的鹹、甜、辣，就像是我和我先生走過的富貴、平凡，一路以來高低起伏的人生。黃麵則讓我們填飽肚子，卻還守候著彼此。」

空廚的廚師啊！你們是在這盤沙茶牛肉炒麵裡放了多少洋蔥？一盤炒麵，怎麼能令人如此感動？

## 打包快樂

我強忍住內心的百感交集，說：「林阿姨，我真的很想替您打包，但是基於日本的檢疫法規，機上的餐點，尤其肉類，是沒有辦法帶下機的。」

林阿姨非常失望，又問：「真的不能打包嗎？」

我真的很不想讓她失望……突然，我靈機一動。

「林阿姨，這盤沙茶牛肉炒麵，還是請您把它吃完。您有手機嗎？我替您把這道令人感動的炒麵拍照下來，接著把您快樂享用的情景錄下來，讓您可以帶回日本。雖然您的先生不能親自品嘗，但我深信，愛著您的他看到您開心吃著沙茶牛肉炒麵的情景、看著照片，他也會同時感染到您的快樂！」

林阿姨欣然接受，也覺得這是她唯一可以與丈夫快樂分享的方式。

而我也很高興自己能夠替她解決問題。

下飛機時，看到林阿姨愉悅的表情，並且對我展示著手機，我知道，她已經迫不及待地想和丈夫分享那一盤沙茶牛肉炒麵的喜悅了。

人的一生不會永遠都是一帆風順，當生活面臨貧困，夫妻彼此因為這一盤沙茶牛肉炒麵而更緊繫在一起，同心協力，患難與共，這是一件多美好的事啊！

林阿姨，祝福您和您的先生永遠幸福！

# 飄洋過海來看你

## 「你是台灣人嗎？」

從東京飛往關島，飛行時間大約是三個半小時，乘客以日本人居多，其中又以第一次出國的日本人為主，因此，上了飛機後對每件事物都感到新奇。但他們要求並不多，而且又特別守規矩，幾乎是天使般的乘客，對我們大部分的組員來說，可說是輕鬆的航班。

這一趟，我是當班的座艙長。由於這架七七七型的飛機只有兩個艙等：三十二個座位的商務艙及三百一十二個座位的經濟艙，因此我在做完商務艙的服務後，馬上前往經濟艙協助。

走進經濟艙的時候，有位日本同事幫忙拿了一樣東西給我，我調皮地用中文說了句：「謝謝。」

這時，我感覺到好像有人在盯著我瞧，轉頭一看，發現坐在附近十八B的亞洲籍婦女正上下打量著我。但我沒想太多，專心進行手邊的服務工作。

過了一會兒，我經過了十八B，她突然一把抓住我的手，說：「You, Taiwan?」（你是台灣人嗎？）

我望著她，左看看、右看看，感覺是來自家鄉台灣的旅客，於是用台語回答：「我是台灣來的。」

頓時她一副如釋重負的樣子，嘆了一口氣說：「不早講！嚇死我了。我正擔心整架飛機都沒看到半個可以跟我說中文溝通的人，真的擔心死了。」

可以感受到這位大姊的不安，畢竟整架飛機除了我以外，沒有任何人是和她講同樣的語言。

大姊說她需要我的協助，於是我邀請她到廚房，進一步了解她的問題，以及我可以怎麼幫她。

## 「馬靴兒」在哪裡？

一進廚房，大姊便急急地告訴我：「我要去馬靴兒啦！可是我不會英文，也不知道要怎麼轉機，就連馬靴兒在哪裡，我也不曉得。我只知道阮尪（台語）在那裡等我。」

我聽了很疑惑。「馬靴兒」？那是什麼地方？

請大姊出示她的機票及訂位紀錄，仔細一看，原來她的目的地是「馬紹爾群島」（也叫「馬歇爾群島」），而不諳英語的她念成了「馬靴兒」。

這位大姊是美枝姊，五十多歲，來自屏東。一早從高雄搭了飛機到日本東京成田機場，然後等著我們這趟晚上九點的航班飛去關島。

隔天凌晨兩點抵達關島後，接著她要等到早上八點多，再搭「跳島航班」（關島—特魯克群島—彭貝島—科斯雷島—布裘斯空軍基地—馬紹爾群島，起飛降落，起飛降落，共要費時八小時十八分鐘，飛行於密克羅尼西亞的小島航班）。

也就是說，美枝姊到達關島後，要在機場等待六個多小時，然後再飛行八個多小時，才能到達她的最後目的地——馬紹爾群島。而這樣飄洋過海到那裡，就是為了見她的「尪」。

## 二十年的遠距離婚姻

美枝姊和老公武雄哥已經結婚二十年了，兩個小孩也都上大學了。武雄哥是個跑船人，在遠洋漁船工作的他必須長年在外打拚，夫妻倆相聚的時間用腳趾頭數都數得出來，距離上次夫妻倆相聚已是一年半前的事。我很好奇，這樣的遠距離婚姻怎麼可以維持？

美枝姊嬌羞地說：「我一生就想和武雄哥相依，而且兩人有共同的生活目標，雖然是遠距離，但彼此少了一點揣測，卻多了一點信任。只要熬過這遠距離，就覺得沒什麼事能打敗我們的感情了。而且我們彼此是真心相愛著，飄洋過海來看他都是因為愛。雖然路途很艱辛，但是因為愛，所以這一切辛苦也都是值得的。」

我想到周遭一些已婚多年的朋友，剛結婚時老公是「北鼻」，老婆是「甜心」；而結婚幾年後，老公變成討厭的「死鬼」，老婆卻變成嘮叨的「黃臉婆」，同住在一個屋簷下，天天見面卻形同陌路。

相形之下，美枝姊和武雄哥這對二十年婚姻、遠距離夫妻的感情卻依然恩愛如昔，更是令人羨慕。

## 都是為了「愛」

了解了美枝姊心中的不安，我答應她，下飛機後，一定會把她親手交給地勤人員，請他們協助她轉機。

我還替美枝姊準備了一張小紙條，上面寫著：「My final destination is Marshall Islands.」（我的目的地是馬紹爾群島），若她在轉機途中迷失時，可以派上用場。

以防萬一嘛！

另外，因為轉機時間會很久，我也準備了一些機上小點心及兩瓶水讓她帶下飛機，以備飢餓時可以食用。

班機抵達關島後，我實踐了承諾，把美枝姊親自交由地勤人員協助轉機。美枝姊原本一臉不安的表情，此時已轉為喜悅。雖然她還有一段很漫長的轉機時間，但是她知道，她與心愛的武雄哥的距離是愈來愈近了。

飄洋過海來看「你」，都是因為「愛」。而擁有真愛的我們，不需要飄洋過海，是不是更該好好珍惜眼前的幸福呢？

# 落葉歸根

## 阿麗卡阿嬤

這是我的同事瑪莉座艙長遇到的一對祖孫乘客的故事。

舊金山前往東京的七七七班機，座艙長就是瑪莉。

在行前會議的簡報中，他們得知有一位有輪椅需求的乘客，是坐在三十九C的阿麗卡阿嬤。登機的時候，七十八歲的阿麗卡阿嬤，是由三十多歲的孫女推著輪椅上機。

阿麗卡阿嬤面色蒼白，似乎有病容，但簡報中並沒有提及任何特別注意事項，而且有孫女同行，所以就這樣登機，飛往東京。

## 回家

飛行過程一切平順，但是，就在還有四個小時便可抵達東京的時候，阿麗卡阿嬤突然暈厥過去，而且全身冒著冷汗，呼吸急促！坐在她身旁的孫女馬上向空服員求救，而空服員立刻聯絡了瑪莉座艙長。

瑪莉座艙長趕到三十九C座位旁，發現阿麗卡阿嬤的情況危急，立即廣播詢問機上有無醫護人員。在這個沒有滿座的航班上，幸好，有一位來自美國的德瑞克醫生，還有一位來自日本的護理人員裕子小姐挺身幫忙。

德瑞克醫生由阿麗卡阿嬤的臨床表徵研判，她疑似有心臟方面的問題，就在此時，阿麗卡阿嬤突然完全喘不過氣無法呼吸，變得四肢無力。

一旁的孫女哭喊著：「阿嬤，你要撐下去！我們很快就可以回家了啊……」

原來，阿麗卡阿嬤罹患了重病，長久以來定居在美國的她自知來日無多，最後的心願就是希望可以回到記憶中的家鄉——寮國。而日本，是她回鄉途中的轉程站。

## 生命如此脆弱

德瑞克醫生、裕子小姐，加上瑪莉座艙長和空服人員，幾個人協力將阿麗卡阿嬤抬到機艙末端的廚房裡，努力進行搶救。

只見阿麗卡阿嬤的臉色愈來愈蒼白，接著陷入了昏迷。德瑞克醫生與裕子小姐兩人聯手搶救，想盡一切辦法，做了當下所有可能的急救治療，在旁的孫女則不斷地哭泣喊著：「阿嬤，你要撐住，我們快要到家了！」

無奈，還是抵不過命運的作弄。

「阿嬤……阿嬤……」

伴隨著孫女的哭泣聲，阿麗卡阿嬤走了。

此刻，生命的脆弱當前，人類引以為傲的醫療資源竟顯得那麼力不從心。

## 陌生又親近的溫度

生命無常，但溫暖的人們能夠使它發出光熱。

急救過程讓阿麗卡阿嬤的身上有些不整潔，裕子小姐向哭泣的孫女討了一套備用衣物。得到孫女的許可後，她便利用機上現有的設備與資源，替阿麗卡阿嬤更衣。

她先輕聲細語地對阿麗卡阿嬤說著：「阿嬤，抱歉。病痛都沒有囉！我要幫您擦拭身體了。」然後，她以濕布與紙巾，仔細地幫阿麗卡阿嬤擦拭乾淨。

接著，她再次輕聲在阿麗卡阿嬤耳邊說：「阿嬤，抱歉。我要幫您換衣服。」

裕子小姐以輕柔及熟練的方式為阿麗卡阿嬤換好衣服，並且維持了阿嬤最體面的容顏。

「素昧平生的護理人員裕子小姐，對於生命的重視與尊重，讓人深刻感受到了她的愛與溫暖。」瑪莉座艙長在內心感嘆。

飛機抵達了東京，在乘客下完機後，安詳的阿麗卡阿嬤有孫女陪伴著，由醫療人員以擔架抬下了飛機。

無法落葉歸根，對阿麗卡阿嬤來說的確是遺憾。然而在遠走的路上，受到素昧平生的陌生人們關照與祝福，在三萬五千英尺的高空，羽化成仙，對於阿麗卡阿嬤來說，便是生命中最大的福報了。

空中老爺的日常

# 如果還有明天

## 重獲自由的男人

所有乘客還沒登機前，兩位警察在我的面前解開了男人的手銬，接著對他說：「你自由了，但是你再也無法進入美國了。」

警察把他的護照交給我，說：「這是伊藤先生的護照，座艙長，請你保管，到達目的地後，再交給相關地面人員處理。」

警察離開後，我帶領著伊藤先生到他的座位二十A。

「伊藤先生，我會保管你的護照，到東京再交給地面人員處理。有什麼需要請通知我，我是這個航班的座艙長。」我說。

伊藤先生的年紀還不到三十歲，看起來溫文儒雅。他回答我：「嗯，謝謝。」從上機時就是這樣，他始終沒有太多的表情，帶點恐懼，頭總是低著。

## 驅逐出境

這班飛機是由洛杉磯前往東京，七七七的機型。不尋常的是，這一趟飛行的乘客名單上有個注意事項：有「DEPU」一名。

所謂的「DEPU」是Unaccompanied Deportee，指「無人陪同的遭驅逐出境者」。由執法人員把人帶上飛機，並且確定這名「DEPU」的飛機飛離了這個國家。而座艙長的工作是必須保管他的護照，直到抵達目的地，交給相關地面人員。

當天，飛機異常地空，幾乎每個在經濟艙的乘客都可以睡一整排。我巡視機艙的時候，突然聽到伊藤先生在低聲啜泣著，在寂靜的機艙裡更顯得突兀。我立即前往查看。

「伊藤先生，你沒事吧？」我問。

他試著要擦去淚水，同時哽咽著說：「我……我……我好怕啊！」

到底是什麼事情，讓眼前這個大男孩憂慮地說出「我好怕」？

我請伊藤先生到廚房，以免因為我們的說話聲而吵到其他乘客休息。

我倒了一杯熱茶給他，希望可以多少舒緩他的情緒。

不算大的廚房內，沉默瀰漫著。我的說話聲劃破了寂靜。

「伊藤先生，感覺好一點了嗎？有什麼事讓你害怕？如果你想告訴我的話，我會很樂意聽你說。」

「先生，你是這三年來第一個關心我，和我說這麼多話的人。」

伊藤先生也開口說話了。

「我做了不好的事，在美國三年，受到了該有的處罰。那些日子的生活非常寂寞、痛苦，我真的好好反省過，也明白自己犯了大錯，我真的想好好重新做人。但我難過的是，我的家人似乎放棄了我，所以從來沒有去探視過我。而這個社會，又會怎樣看待我這被貼上了標籤的人？到了日本，我可能還要接受另一次處罰。我是一個沒有未來的人，如果還有明天，我一定不會讓自己去犯那樣的大錯，但是……我怕，我真的好怕！」

他全身透出的恐懼也傳達給了我。這樣的事真的是令人難以想像的痛苦啊！

我給了他一個擁抱，並且告訴他：「人非聖賢，孰能無過。而你知過能改，是最不容易的。你要去面對這一切！如果連你自己都無法面對，那要別人如何接受你？自己犯了錯，要靠你自己加油撐過去。而你的努力，最後一定會讓你的家人、讓社會都看見，重新接受你。」

在那個瞬間，溫暖的擁抱是最溫情有力的肢體語言，我想讓伊藤先生覺得自己不再孤單，讓他感受到人生還是美好的。

## 「明天」，並不遠

到了東京，執法人員協同地勤人員已經在空橋處等待著。在所有乘客都下機後，地勤人員要我把伊藤先生連同護照，交給執法人員處理。

離去的那瞬間，他回頭對我點頭示意，彷彿在告訴我——他了解了，他會好好去面對這一切。

我相信，他會努力去創造他的「明天」。

# 四十分鐘

## 降落前的緊急救援

這是我的空服員同事愛蜜麗的一段真實經歷。幾乎可以這麼說：這個事件，改變了她對於身為一個空服員的專業認知。

那是一班從東京飛往舊金山的七四七班機，當時，距離降落在舊金山國際機場還有四十分鐘。經濟艙的乘客這時候都起身在整理行李，或排隊使用洗手間。飛行了二十二年的資深空服員愛蜜麗也心情愉悅地走在機艙走道上，因為要下班了，而同時她也在進行最後的整理，準備降落。

這時，一名婦女突然尖聲大叫：「救命！我先生沒有意識了，誰快來救他！」

愛蜜麗立即做出反應，聯絡其他的同事、通知座艙長、廣播找尋醫護人員協助，並請同事去拿「ＡＥＤ」（自動體外心臟電擊去顫器）。這些都是她每年參加空服員訓練考試的場景，但此時此刻不是紙上談兵，人命關天，她必須冷靜面對。

當時的環境並不適合急救，愛蜜麗請附近的乘客幫忙把失去意識的乘客移到機艙門旁的地面上，先讓他平躺。

此時，座艙長和去拿ＡＥＤ的同事都趕到了，也幸運地有醫師在機上。

這位乘客是來自印尼的蘇哈托先生，五十歲，與妻子一起旅行。醫生由臨床表徵判斷，需要馬上為他進行ＡＥＤ的急救。於是愛蜜麗立即動手，小心翼翼地操作著機器：打開電源，將貼片貼在病人身上，此時ＡＥＤ會自動分析心律，接著機器會回應「shock advised」，也就是說，愛蜜麗必須按下那個電擊鈕。

一直激動地緊跟在旁的蘇哈托太太，這時伸出手緊握住丈夫的手，問：「我可以握我先生的手嗎？」

可以感受到蘇哈托夫妻間深厚的感情，但是救人第一，所以此時愛蜜麗必須狠下心推開蘇哈托太太，大聲地說：「遠離病人！我要救人了！」

已經哭得泣不成聲的蘇哈托太太只好不捨地放手，站到一旁。

空中服務的延伸智慧

## 操作電擊前的標準口令

在按下ＡＥＤ（自動體外心臟電擊去顫器）的電擊鈕之前，負責操作者（也就是愛蜜麗）必須複誦口令：「保持淨空，不要碰觸病患！我淨空，你淨空，大家都淨空！」（Stay clear, do not touch the patient. I am clear, you are clear, everybody is clear.）

檢視確定無人接觸患者，才能按下電擊鈕。

# 吐血了！

畢竟這關係到一個人的生命，愛蜜麗戰戰兢兢地按下第一次的電擊鈕，可是蘇哈托先生沒有任何反應。

ＡＥＤ分析結果，需要電擊第二次，於是愛蜜麗再按下第二次的電擊鈕。

蘇哈托先生的身體振動了一下，但口中突然吐出鮮血！

協助的醫師在一旁，面對這樣的情況，他還是要求愛蜜麗接受ＡＥＤ的分析結果，電擊第三次、第四次。終於在第五次電擊後，ＡＥＤ分析不需要再電擊，而醫師接手施行ＣＰＲ，直到蘇哈托先生恢復了心跳和呼吸。

「有心跳了！有心跳了！有救了啊！」

見到蘇哈托先生恢復了心跳與呼吸，愛蜜麗的內心激動起來，她無法想像她剛剛竟然救回了一個人的命！

蘇哈托太太喜極而泣。

## 挽回了一條命

飛機已準備要降落了，座艙長回到崗位，並且向機長回報這場突發事件的經過，同時也要求地面醫療人員的協助。

一降落到舊金山國際機場，機長先要求所有乘客不要起身，讓醫護人員可以先上機協助蘇哈托先生。只見醫護人員登機後，很快地以擔架將蘇哈托先生送下飛機接受醫療救治。

匆忙之中，蘇哈托太太不忘回頭向愛蜜麗致謝，然後跟上蘇哈托先生的醫療人員下機。

當所有乘客都離機後，協助的醫師稱讚愛蜜麗剛才的專業表現，多虧她及時做出反應，施予專業的醫療救助，才能挽回蘇哈托先生一條寶貴的性命。

二十多年來的空服員工作，總是在茶與咖啡、雞肉與牛肉中度過。但是在這四十分鐘之內，因為自己平常的專業訓練，加上大家通力合作，竟然救了一個人！愛蜜麗激動得難以言喻。

# 最後一面

## 最後一班飛機

二〇一三年三月，CNN報導了一則「班機候客」的新聞。飛機一向是不等人的，也因此，這則新聞背後的真實故事更令人動容。

住在美國舊金山的德瑞克，收到住在德州拉巴克城的母親的病危通知。當下，他立即向美國某航空公司訂機位。

他必須從舊金山飛往德州的休士頓轉機，然後趕搭當天前往拉巴克城的最後一班飛機。

但老天真的是折磨人，在這個緊急時刻，德瑞克從舊金山起飛的航班卻誤點了！可以想見他是何等心急如焚。

而且，他在休士頓的轉機時間只有四十分鐘，一旦錯過，他將錯過與母親見最後一面的機會……

著急又擔心的德瑞克在飛機上難過得痛哭流涕。有空服員發現到這個異狀，主動上前關心地詢問：「先生，您怎麼了？有任何我們幫得上忙的地方嗎？」

德瑞克哽咽著說出自己眼前的這個大難題。

「假如來不及趕上轉機，我媽媽就要走了……」

空服員聽了，表示一定會盡最大的努力協助他完成這個心願，同時也把這些資料轉告給機長知道。

## 「我們一直在這裡等你。」

帶著忐忑不安的心，德瑞克的班機終於抵達了休士頓機場，他恨不得搭乘的航廈電車也能飛向往拉巴克城航班的登機門！

就在他跳下航廈電車的那一瞬間，登機門的地勤人員對他招呼說：「德瑞克，我們一直在這裡等你。」

原來，舊金山航班的機長已經預先告知休士頓機場，並且說明了德瑞克的特殊緊急情況。而整個航空公司的團隊經過考慮後，決定協助德瑞克，所以他們把前往拉巴克城的航班延遲起飛，就是為了等候他登機。

總算，德瑞克順利搭上了飛機航向拉巴克城。一路走來，他受到許多人的幫忙，而在休士頓的地勤人員特別協助之下，連他的行李也準時到達！他感動到不知如何是好。

德瑞克及時趕到了醫院，並在醫院度過了一晚，陷入彌留狀態的母親曾一度張開眼睛，彷彿知道兒子來看她了。當天上午，她便過世了。

德瑞克回到舊金山後，寫了一封感謝信給航空公司，並且向當天協助他的空服員、機長、登機門地勤人員及行李搬運工一一道謝。

## 比「照規矩來」更重要的事

對航空公司而言，「準時起飛」是非常需要重視的原則，但這些員工一起合作，為了幫助德瑞克而做了正確的決定。雖然當時違背了公司的經營原則，事後卻贏得公司的讚許。

「原則」是做事的標準，然而，他們看到了比按照標準做事更重要的事，並彈性運用，也因此協助了一位乘客可以在母親臨終前，見到她最後一面，這樣的精神是相當偉大的。

空中老爺的日常

# 最重要的一次飛行

## 科威特包機航班

幾個月前，美國廣播公司（ＡＢＣ）報導了一個真實故事。美國一家航空公司的機長羅培斯在公司的開放航班列表中，發現有一個「科威特包機航班」，這趟包機的任務，是要去科威特載運從中東返回美國的大兵們。

他趕忙告訴妻子這個消息。儘管覺得機會不大，不可能那麼剛好，但是他仍然忍不住期待，他們在中東服役的兒子可能會成為這班包機的乘客之一。於是，羅培斯機長也去爭取駕駛這班飛機的機會。

很幸運地，最後真的是由他負責飛行。

## 孩子，爸爸載你回家

臨起飛前，羅培斯機長把他精心構想的計劃告訴了所有機組人員，請大家協助，若他的兒子有上機，他想給這個大兵兒子一個大驚喜。父子倆分別多年，而且孩子又是從戰區返回，可想而知，身為父親的心情有多麼興奮與感動。

登機時，座艙長配合羅培斯機長的策劃，見他兒子上機了，送給他兒子一袋他最喜愛的餅乾以分散他的注意力。然後機長趁著此時，悄悄地進入機艙。

這一刻，羅培斯機長開始有些焦急和興奮的情緒，他不敢相信自己和妻子兩人日思夜想的兒子，如今就在他的面前。

飛機起飛前，他從兒子的背後靠近，故意低聲問他：

「羅培斯中尉，你在我的飛機上做什麼呢？」

當兵當久了，羅培斯中尉一時反應不過來，以為自己犯了什麼錯被長官叫住。就在他一轉身——

「爸爸！」

身後竟然是自己的父親！

父子兩人萬分喜悅又感動地緊緊相擁。

事後接受記者訪問時，羅培斯機長感慨地說：「在經歷了長久的分別之後，我只能長久地擁抱著他。我真的無法表達能夠再次擁抱兒子的感受。」

對於擁有數不清飛行經驗的羅培斯機長來說，在他的豐富機長生涯中，這是最重要的一次飛行。

PART 3

# 史上最密閉的職場空間

# 老闆

在我居住的小鎮上，有家很平凡的客家餐廳，我常去光顧。店裡的員工阿姨們都非常親切熱情，餐點也好吃。這些阿姨都在這家店待了很久，沒什麼流動率。店內有個中年老闆，與員工們一起工作，為人也是和藹可親，總是笑容可掬。

在這家小店裡，阿姨們工作時總是很快樂，感染了來用餐的客人，讓大家帶著愉悅的心情，滿意地離開。

我觀察了一段時間，明白了其中的原因——原來是因為「老闆」。

身為老闆，他總是與員工同甘共苦，總是以微笑獎勵代替苛責，無形之中，這些員工產生了快樂的競爭力。由此可見「老闆」對一間店、一家企業或一個組織影響之大。

## 吃牛排的Chief

有一天，我又是要從台北搭飛機去東京上班，但是每個航班都滿了，用便宜乞丐票的我候不到機位，為了趕著上工，不得已，買了一張頭等艙的機票。

我的座位就在最前方空服員跳椅的後面，可以清楚聽到這邊組員的對話。

「機艙門關閉。」

這大概是我在這段航程中，聽到這位穿著制服的中年男子所做的唯一一次廣播。

組員就位後，中年男子不疾不徐地問著在廚房裡忙碌的空姐：「妹妹，我的牛排還有我的報紙準備好了沒？」

此時，正忙著進行起飛前準備的空姐神情緊張地匆忙回答：「好的，我盡快準備。」

中年男子悠哉地坐回了跳椅上。

飛機起飛後，安全帶訊號燈解除，只見剛剛那個被他叫「妹妹」的空姐神色緊張，匆忙端著牛排和一份報紙送來了。

空姐說：「Chief，這是你要的牛排，還有你要的報紙，請享用。」然後再匆忙回去廚房，準備乘客的餐點服務。

這位Chief先生，正是座艙長。

這位Chief先生邊看報紙，邊享用著牛排。

而我是乘客，這時候卻還沒有飯吃呢！

這時候我明瞭了，原來飛機上有一種人叫「Chief」，什麼事都不用做，上了飛機就有牛排吃、有報紙看，使喚著其他空服員。就算眼見自己的組員們忙著做餐點服務，Chief還是沒有離開他的跳椅，從頭到尾看著他的報紙、吃著他的牛排。

「Chief」真是一份好棒的工作啊！

## 什麼事都不做的Purser

另一次，則是我的一個航班。

在行前會議中，Purser（這也是對座艙長的稱呼之一）分配了每個人的工作，連所有點餐、和機師交涉、播放影視節目等事務細項，他也統統分配給每個空服員去做。

有人質疑他：「那你做什麼？」

他開始用上種種令人無法反擊的歪理、尖酸刻薄的話語辯白，讓眾人無法回嘴，最後還大言不慚地說：「我的職務是Purser。」

這位「Purser」，在飛機上有任何事情找他幫忙調解處理，他只會要空服員自行解決，需要他時他也不會出現。

這時候我又了解了，原來有種人叫「Purser」，什麼事都不用做，上了飛機，用餐、聊天、打發時間兼無所事事。下了飛機，薪水就可以輕鬆入袋。

空中老爺的日常

## 社交高手Manager

還有一種座艙長，頂著「Inflight Service Manager」的空服總管職稱，制定了很多規則，他的組員們這也不能做、那也不能做，但這些規則都沒有在空服員守則裡。光是一個行前會議，就可以因為他制定的規則把人逼瘋，然後把飛行的氣氛破壞到最糟，讓大家在接下來的十多個小時中，帶著忐忑不安的心情工作。

上了飛機，他隨時隨地在監視著組員，只要有一點事情不符合他訂的規則，他不但馬上斥責、警告，而且還會向公司報告。然而，當組員有事情需要他的時候，他往往只會把情況搞得更複雜、更糟糕，讓組員陷入更混亂的處境。

他花了很多時間在頭等艙、商務艙，尋找高卡級會員乘客社交，並且送點飛機上有的好東西，讓這些高卡會員為他寫讚美信。於是整個航班，他成為「最佳空服員」，而其他空服員辛苦地努力工作，也只是剛好而已。

這時候我了解了，原來有一種人叫「Inflight Service Manager」，他可以踩著別人的頭，而顯現他那虛假的美好。

## 最後下飛機的人

可是，也有一種座艙長，大部分的組員都想換進他帶頭的航班。行前會議上，他總是和藹可親，幽默風趣地提醒著該注意的事項，讓大家感覺上班飛行是件很快樂的事。

上了飛機之後，他分擔了所有較需要勞動的工作。見組員忙著某件事情，他也在一旁親力親為地協助。

對於飛機上的高卡會員，他去一一打招呼，不過，他也會讓高卡會員明白如果他們對服務滿意，是因為整架飛機的每個組員，而不是他一個人的付出。

當組員遇到無法解決的乘客問題，他一定挺身而出，並且站在保護組員的立場，來解決所有的糾紛。

他總是那個最後用餐、最後休息、最後下飛機的人，因為他要確定所有的組員都沒有被虧待到，如此，他才能不愧對自己所擔的「座艙長」職責。

空中老爺的日常

## 好「老闆」，機組員搶著要

Chief、Purser、Inflight Service Manager、座艙長，用詞不同，但都是一架飛機裡面的老闆。每個航班老闆是什麼樣的人，決定了組員的宿命，而接著乘客可以得到什麼樣的服務，也就可想而知。

空服員有句話：快樂的座艙長，造就了快樂的組員、快樂的乘客，以及一趟快樂的飛行。由此可見這個「老闆」有多重要。

好的老闆，與組員同甘共苦，讓人上班愉快、工作輕鬆並飛行快樂。不好的老闆，讓人只想離他遠遠的。

在我所服務的外商航空公司，飛行前，我們每個人都可以知道誰是該航班的老闆，若覺得八字不合的，可以早早換班，以免破壞自己工作的心情。

有些時候，看到明明是非常棒的一個航班，但整個組員名單都是空的，那可能代表這個航班的老闆不是什麼好相處的人，所以組員都調班換走了！

但這些空出來的位子怎麼辦呢？最後都是由比較歹命的「待命班空服員」去承受了。

Part 3
老闆

一種米養百種人，飛機上的老闆，什麼樣的人都有。我本身也是個座艙長，也是個飛機上的老闆，期許自己不要成為那個組員看到我的名字就想換班、就想離開我的老闆。

空中老爺的日常

# 飛機上最難搞的人

## 這架班機特別空

這班七四七是從東京飛往舊金山。

七四七的載客量，頭等艙是十二人，商務艙五十二人，經濟艙則是三百一十人。這天，剛好是一個連續假期結束的尾端，在行前會議中，身為座艙長的我做了所有飛行資料的準備，發現這趟航班的訂位竟然只有頭等艙三人、商務艙四十人，而經濟艙是一百人。平常都是飛載滿乘客的航班，消耗了不少體力，難得有一天可以如此輕鬆，真是老天爺給的禮物啊！

這對乘客來說也很舒適，有許多空位可挑選，有的人還可以躺一整排好好休息。在這樣的情況下，乘客比較不會按服務鈴，同時組員也少了抱怨，可以充分地照顧每位旅客。

我是這樣想的。

## 「我是不在經濟艙工作的！」

一般而言，空服員的工作位置是按照年資，在行前會議中挑選、安排的。不過，座艙長有時候也必須依照當天的載客量而做調整。

在這天的組員中，有兩個剛進公司沒多久的待命班空服員，來自舊金山基地。

我按照今天的訂位狀況，根據公司規定，將這兩名資歷最淺的空服員安排在經濟艙工作。並且在行前會議上，將所有的公司規定以及當天飛行的遊戲規則一次說清楚，給組員們明確的指示，讓大家有所依循，也可以減少飛行途中不必要的衝突。

然而，開完會之後，其中一位資淺的空服員跑來找我大吵，她是美籍的艾琳娜。

「為什麼我被派去經濟艙？」她氣憤地質問。

我拿出公司的規則條文，詳細說明為何安排她在經濟艙，但她臉色很難看地接著說：「不要以為你是座艙長就可以為所欲為。根據公司規定，你是不能安排我去經濟艙工作的。還有，本人在其他航空公司已有多年經驗，我是不在經濟艙工作的！」

什麼跟什麼啊？艾琳娜進公司只有五個月，四十三歲的她雖然在別家航空飛了多年，可是在這家公司的這個航班，就是資歷最淺的空服員，跟她在其他家飛了多久一點關係也沒有。

但我不想把機艙內的工作氣氛變差，告訴她：「我在上機之前會給你一個讓你心服口服的回答。」

我後來才聽說，上機前，艾琳娜為了這件事，向另一位同樣來自舊金山基地的資淺同事尼克吐苦水，說座艙長欺負她資淺，態度惡劣又霸道。

但尼克反而潑了她一盆冷水，告訴她：「座艙長的態度非常好，非常客氣，是你自己沒有研讀條文，有問題的是你自己。你還沒真正碰過惡劣的座艙長呢！得了便宜還賣乖。」

她想要私下操弄，挑撥離間，結果不但沒有達到目的，反而害自己很尷尬。

空中服務的延伸智慧

## 待命班空服員

「待命班空服員」（Reserve）通常是指原本航班的組員請假缺席，而在航班出發前被抓飛來遞補的空服員，常常要到最後一分鐘才會知道有沒有任務，所以常常得待命過日子。

## 心中一把火

當時，由於剛好有空服員督導在場，我翻出了公司的規定條文，就在督導面前逐字念給艾琳娜聽，對她說：「我相信你懂英文吧？」

同時提醒她上機後，應有的專業態度。

「不要把任何不愉快的情緒帶到飛機上，請你好好地在經濟艙工作。」我告訴她。

艾琳娜似乎被我的嚴肅叮嚀嚇到了，也知道自己錯了。儘管臉上沒什麼表情，但總算接受了她必須在經濟艙工作的事實。

而我，雖然不喜歡她的態度，但是身為一個領導者，我還是很矯情地露出微笑對她說：「你還好嗎？飛行沒問題吧？」

在洋人的外商公司工作，這就是比較虛偽的一點，明明心中一把火，還得裝得很關心對方。

## 座艙長要能屈也能伸

幸好，艾琳娜上機後的工作情況沒什麼不好的，只是仍舊非常排斥待在經濟艙，動不動就找藉口跑到商務艙。經過我三番兩次地勸告，她終於明白了我的用意。

「進公司後，我飛了五個月，從來沒待過經濟艙。而且在以前的公司，我是資深空服員，所以都只有在商務艙工作。」艾琳娜說，語氣帶點委屈。

我告訴她：「正因為在公司的年資如此淺，更應該熟悉每個艙等的服務，你是沒資格去挑工作的。」

我試著把談話主題放在艾琳娜的表現問題上，不摻雜我個人的情感，或其他議題。經過幾次這樣的對話，總算逐漸讓她接受。

飛機順利降落在舊金山，我的噩夢也結束了。

在這種以西方人為主的外商公司，我不擔心語文能力。我就事論事，我白紙黑字講道理，運用柔性的溝通，最後才能得到對方的信服。而在這種國際性公司，要當個領導者，這些能力是不可少的。

組員的問題大大小小，五花八門：跟男朋友或女朋友吵架，夫妻不和，小孩生病，同事相處不愉快，不願在經濟艙工作（嫌乘客太多，服務很累），不願在商務艙工作（嫌商務艙乘客要求太多，太麻煩）……而當他們把這些負面情緒帶到飛行工作上，可能會影響整個航程品質，甚至引發更多的問題。

為了避免這種狀況發生，身為座艙長必須想辦法妥善處理，能屈能伸地去面對。

飛機上最難搞的人有時候不是乘客，而是組員啊！

# 你想搭飛機上下班嗎？

## 台北──東京「通勤」

公司在二〇〇三年關閉台北基地之後，我們有一百多個人轉到了日本東京的成田基地。

從那時候開始，我成了「搭飛機上下班」的越洋通勤族之一，跟一百多位同事一樣，家在台灣，但要當班時，就是要想辦法飄洋過海到成田機場報到。

在早期，公司還有飛行往返東京—台北，搭自家飛機上下班便宜又方便，但都要排候補。那時我資歷尚淺，總是殿後，所以常常上不了飛機。

後來，公司完全沒有台北往返東京的航班了。為了要趕著上下班，我們這些「越洋通勤族」得各憑本事，拿著航空公司工作人員專屬的便宜乞丐票，去其他家航空找「空位搭乘」。

## 候補、候補、候補

往返東京一直是個熱門航線，班機常常客滿，所以上不了飛機是常有的事。台北—東京的乞丐票大約是台幣一千六百元，東京—台北大約兩千一百元，真的好便宜呀！但就是要候補、候補、候補！

我和一些同事在日本有租房子，但值勤完畢之後就是想回台灣的家，所以通勤次數頻繁。

有的同事則是每趟航班臨報到前，一早從台北候補機位去上班，接著在飛行結束後，馬上候補回台北。這樣很省，不用租房子，但心臟要夠強，不然一有閃失候補不上，誤了值勤就糟了。

而大部分的人，比如我，是習慣把飛行班表集中在一起，一次飛個十到十五天，再回台灣休息個七到十天。

如果可以，沒人喜歡這樣頻繁搭飛機通勤的，而且「空位搭乘」有時得看各家航空地勤大哥、大姊的臉色。

剛開始，大家都以為我們是要去日本玩，所以常會被刁難。幸好，後來了解我們的悲慘身世後，大部分的地勤同胞都相當友善地幫忙，讓我們可以及時搭上飛機。在此也感謝那些協助我們候補機位的各家航空公司俊男美女們，謝謝你們讓我通勤的日子好過點，感恩！

## 成田機場走九遍

不過這樣的日子，遇到旺季就糗了，我常常有從早上候補到晚上的經驗。甚至有一次，我在成田機場的第一、第二航廈之間來回走了九遍，卻還上不了回台北的飛機。

通常大家看到的空服員都是服儀整齊，舉止優雅地走在機場。但其實有許多「隱藏版空服員」並非如此，比如我和我的同事們，為了要搭上飛機，簡直是不顧形象啊！

不過，因為航空公司不希望空服員下班後再穿著制服登機，以免造成乘客混淆，所以我們這些隱藏版空服員是換上了便服，以便衝刺搭機。

舉個例子，有一天我從芝加哥值勤飛到東京，飛行了十三個小時，在日本時間傍晚五點送完乘客下機後，我馬上出海關，奔向成田機場的第二航廈。

花了十五分鐘到了第二航廈後，立即殺入殘障者洗手間（因為空間大），脫下制服，三秒變裝成大叔，緊接著衝往「小花航空」候補航班回台北。

此時是五點二十五分，櫃檯已關櫃，天啊！只能哭泣……

就在這時候，好心的地勤妹妹出現了！她立刻幫忙收了我的票，給了機位。我跑到差點斷氣，終於在六點鐘，上了回台北的班機。空少的形象？早就被我拋到九霄雲外了。

一個小時內，這一切的一切都在「追趕跑跳碰」之下完成。有沒有這樣喜歡飛機啊？

你想搭飛機上下班嗎？

我就是一個搭飛機上下班的空中老爺啊！

空中老爺的日常

# 迷航班機

現代開車都有ＧＰＳ衛星導航，所以很少會迷路。

那開飛機呢？

照理說，飛機這麼先進的科技設備當然不可能亂飛。但有時候，出於人為因素而導致飛機迷了路，那也是有可能的。我就搭上了這樣一架「迷航班機」。

## 一架班機，有八個座艙長

這是一班包機，沒有載任何乘客，從東京飛往印度新德里，組員們在經過三十個小時的外站休息之後，接待那家搜尋引擎很有名的「G」公司印度總部的員工，先前往東京，然後再飛去美國拉斯維加斯。這是他們公司的員工旅遊。

這樣的好班，趁著夜深人靜時公告在開放航班列表中，我很幸運地競標搶到了。

這架七四七—四〇〇的包機有十五名組員，包括我在內，有八位具有座艙長資格，而另外七人也都是好朋友，於是我們計劃在三十個小時休息期間，來趟泰姬瑪哈陵之旅。其中一個同事剛好在當地有好友，還安排好了接送車。大夥就是要去度假的心態，完全沒有感覺是要去工作的。

出發當日，見到了機長甘地，他是印度裔美國人，非常親切友善。他說好久沒回到故鄉了，所以很期待藉著這次的包機，可以回印度看看。副駕駛是美國籍的理查森，也是個好好先生。

行前簡報會議中，因為座艙長有八個，所以最後決定由服務了三十年，資歷最深的科特擔任當班座艙長。地勤人員也非常興奮地向我們告別，關上機門，就這樣，我們展開了七個半小時的航程。

是的，由東京到印度，原本只需要飛七小時又三十分鐘。

## 機長穿「吊嘎」開飛機

雖然未載客，但是從起飛前的安全檢查到關機艙門，所有安全程序和一般的班機（稱為「正班機」）是一樣的。

到達安全高度後，各自可以任選頭等艙、商務艙或經濟艙，休息、睡覺或者看電影。肚子餓了有組員餐——自己去廚房煮。

因為這段航程並不久，所以只有甘地和理查森兩位機師。另外並安排了兩名組員在旁照顧他們的需求，或是當機師太累了時，替他們趕走瞌睡蟲。

機師們也很隨性，一到安全高度後，立即拿掉領帶，穿著吊嘎開飛機，反正沒乘客，怎麼穿也沒人管。組員中甚至有人換上了睡袍，準備要好好睡他七小時。

當然，這樣的場景在一般的正班機裡，是沒機會出現的。

## 借道中國，卻沒有通行證

起飛後過了一個半小時，有人吃安眠藥，睡得打呼；有人正放鬆心情，享受電影。但此時，我發現飛機有異狀。

原本的航線應該是越過中國大陸，就能飛去印度，但是從螢幕裡的機上地圖看來，飛機開始在韓國的濟州島上空盤旋。這是極不正常的一個現象。

當班座艙長科特睡著了，所以我直接進入駕駛艙去問機長。

甘地機長正忙著和調度中心對話。

當時，我們「鬱金香航空」和「哈密瓜航空」合併沒多久。哈密瓜航空的調度中心有很多地理沒念好的人，不然就是新人。

我聽見甘地機長驚訝地詢問調度中心：「什麼?!你們沒替這個航班申請飛越中國的航權？」

飛機要飛越任何國家的領空，都是需要先行申請的。也就是說留下買路財，我才讓你越過我家天空的意思。

調度中心的人卻反問：「飛越中國為什麼要申請航權？中國不是美國的領土嗎？」

最好是啦！很多老美地理不好，認為「美國就是全世界」，所以中國是美國的領土。沒想到這樣的笑話，在一個這麼大的航空公司也講得出來。

甘地機長已經快火冒三丈了。真是秀才遇到兵，有理說不清！

他要求調度中心：「叫督導來！」

督導一來，頓時發現事情搞大了！真的，中國不是美國領土的一部分，所以這個航班是要申請飛越領空權的……

他說：「是我們的錯，現在馬上申請！」

這段期間，北京塔台一直告知機長：「你們的航班不明，沒有申請飛越領空權，請不要靠近，請不要靠近。」

語氣中盡是警告，也就是在說：你不要亂來喔！不然我們可以馬上把你打下來喔！

甘地機長說這是有可能的，像俄羅斯就曾經打下一架民航機。所以我們如果沒有留下買路財，又硬要越過領空，後果將不堪設想。

## 不能經過中國，改飛越中南半島

飛機在濟州島上空盤旋著，兩位機師則不斷在和調度中心討論著如何處理這件事。

而我們的飛機就像是迷路的羔羊，鬼打牆般不斷地在濟州島上空一直轉，一直轉。

兩名機師又是iPad，又是飛行圖，又是油料計算。我真的很敬佩這些開飛機的，數理頭腦真的要夠清楚，不然如何解決眼前的難題啊！

在濟州島上空繞了快二十圈，已經兩個多小時過去了。此時，那無能的督導告知我們：由於太晚才提出申請，中國無法接受，加上有許多航班要在此時越過，空中很繁忙，所以——我們被拒絕了！

他的備案是請我們先飛到香港加油，然後再飛越中南半島，前往印度。

## 全世界都是美國的領土?!

我叫醒了大家，告訴他們剛剛的經過，也告知了甘地機長的新飛行計劃。大家都一臉驚訝，沒想到在睡夢中，竟然經歷了這樣的烏龍事件。

清晨五點多，我們降落在香港國際機場。這個時段的機場非常安靜，沒有什麼航班起降，公司的地勤人員替飛機加油，順便帶了香港的食物來慰勞我們，因為這個加油、地停（停留在地面）、重新起飛的過程，不知要耗去多久時間。

總算，飛機加滿了油，再度準備起飛前往印度了。

甘地機長和調度中心進行對話：「我們必須飛越越南、泰國、馬來西亞，這是最快可以讓我們到達印度的方式。」

調度中心回答：「越南、泰國、馬來西亞，ＯＫ啊！美國的領土，你們就飛吧！」

甘地機長問：「你們有申請飛越領空權吧？」他突然有種不妙的預感。

這個航班是特別航班，是需要申請的。

調度中心竟然回答：「越南、泰國、馬來西亞，都是美國的領土，為什麼要申請領空權？」

甘地機長真的整個人火大了！

「我現在要起飛了。你們馬上去申請飛越領空權吧！」

他實在無法再和這些調度中心的人對話了。

而很不幸地，無能的調度中心，還是很無能地沒有申請到飛越領空權，所以我們的班機從香港起飛後，無法飛越中國，也飛不過越南、泰國、新加坡、馬來西亞，就只能沿著中南半島海岸線，慢慢飛，慢慢飛。

每經過一個國家，甘地機長都試著詢問塔台是否可讓我們飛過領空，但得到的答案都是ＮＯ，「未申請」。

就這樣，經過馬來西亞的外海，越過印度洋，終於來到了印度。

本來是七個半小時的航班，我們就這樣流浪、迷航，抵達印度新德里時，共飛了二十個小時。

一天也才二十四小時，我們卻飛了二十個小時，而且只是從東京到印度新德里啊！

## 組員們，團結起來！

等我們住進飯店，距離從東京起飛已經過了二十多個小時。

最傷腦筋的是，因為所有的組員都沒有足夠的休息時間，所以隔天沒有人可以飛這趟包機！對方可是非常擅長利用網路媒體的大公司，如果開天窗，公司的臉要往哪裡擺？

但這一切都是烏龍的調度中心造成的，於是一到飯店，座艙長科特和所有組員便集合起來，一起與調度中心的督導進行越洋談判。

督導先向大家道歉。

「真的很抱歉，我明白這個錯誤非常嚴重。現在只能拜託各位組員為公司著想，放棄合法休時，明天準時上機，讓飛機能夠正常運作，飛回東京。」

科特對這種場合很有經驗，並常代表工會與公司談判，心狠手辣，絕不留情。而我們其他組員也都是工會的會員，在這種情況下，我們大可以拒絕調度中心希望我們放棄休時、立即去飛的要求，畢竟休時完全不夠，不上飛機是完全合法的。

八個座艙長加上組員一起討論要如何團結，來拒絕公司不合理的要求。最後，決定由科特轉述事情的重要性給調度中心明白。

督導回應：「那我承諾給你們每人兩百美元，請你們準時飛行。」

「依照合約，像這樣讓我們放棄原本的休時工作，公司必須付給組員總飛行時數的五倍薪水，在我們與公司的合約之中有明白記載。」科特態度強硬地表示。

督導接著說：「那我給每位五百美元。」

科特立刻說：「我看到我的組員們已經不想再和你談了，明天就等著開天窗吧！」

督導趕忙回應：「我們可以再談，可以再談！」

這恐怕是我第一次敢如此大膽地和調度中心討價還價，還擺出高姿態。因為平常都是調度中心要空服員飛什麼、做什麼，而我們只能遵從。但這次不一樣。調度中心犯了極大的錯誤，只好如此苦求。

科特繼續用他那善於談判的口才，跟調度中心討價還價。

「那就按照公司合約，以這次總飛行時數的五倍薪水作為補償，請所有組員放棄休時，繼續明天的飛行。白紙黑字請你馬上傳真過來。」

在我們公司，空服員的薪水是以每次飛行時數乘以時薪，再加上外站津貼來算的。這次的飛行總時數，起飛前後加地停，公司給了三十八小時，五倍就是一百九十小時（我當時的時薪是五十美元），而這個金額就是這趟飛行多出來的補償獎金。這大概是我這輩子拿到最多薪水的一趟飛行吧！

## 地球繞半圈

去不了泰姬瑪哈陵，但車都包了，只能利用短暫時間到新德里市區小逛。隔日，雖然休息時間不夠，但每個組員都神采飛揚地來飛這個包機，心中想的都是那筆意外之財，作夢都會笑啊！

回程的包機很順利地飛越了中國，然後花了七個小時從新德里飛回東京。

二十個小時是一段很漫長的飛行，大概地球都可以繞半圈了吧！

當時我們的後母「哈密瓜航空」的調度中心充滿了大老美心態，總覺得全天下都是美國的領土，才擺了這樣一個迷航烏龍，那些闖禍的人大概也走路了。

其實，飛行還是很安全的，機長不會迷路啦！

空中老爺的日常

# 錯過了，就永遠錯過了

乘著國際航班飛越世界，這是空服員的工作。許多人很嚮往這樣的生活型態，然而，只有當事人知道，在那一段段或長或短的勤務航程中，自己錯過了什麼。尤其是對於孩子的陪伴，為人父母的就只有一次機會，一旦錯過了，那個當下再也不會回來……

# 和女兒約好了

舊金山的早上八點鐘，空服員朵莉正在和台北的十二歲女兒小美通電話。現在是台北的晚上十一點。

小美說：「媽咪，你會趕回來參加我的畢業典禮吧？我真的很想讓你看到我上台領獎的樣子。媽咪，拜託你一定要趕回來！」

長年擔任國際航線的空服員，朵莉也很想好好盡到做母親的責任，但現實的空服員工作，卻讓她錯過了許多陪伴女兒人生重要時刻的機會。孩子的童年不會再重來，所以這一次她告訴自己，絕對不能錯過小美的畢業典禮。

她說：「小美乖，媽咪一定會趕回台北，一定不會錯過你的畢業典禮。乖乖去睡，明天你就可以見到媽咪了。」

熬夜跨越太平洋的飛行很辛苦，但朵莉不覺得累，她只希望可以順利飛回東京，趕上回台北的班機，那她就可以準時出席畢業典禮，看到女兒受獎，和她一起感受那光榮的一刻。她在心中祈求，這趟飛行可以順利地準時完成。

## 飛不了?!

這個前往東京的航班，預定早上十一點從舊金山起飛，但是在所有乘客坐定之後，突然發現機上所有的洗手間都故障了。

維修技工立刻上機進行修護，因為接下來有將近十一個小時的飛行，若沒有洗手間可使用，這架飛機是不能起飛的。

朵莉心中有不好的預感，她開始擔心無法準時飛到東京，趕上回台北的班機，然後參加畢業典禮。

然而，必須先把這些事拋到腦後。眼前，自己得和其他的空服員一起安撫乘客，提供水及小點心的服務。

眼看著維修技工進出駕駛艙，與機師討論修護的問題，時間一分一秒過去，洗手間始終都無法正常使用。

班機延遲了兩個半小時之後，調度中心決定更換一架新飛機來執行任務。

## 想要盡快飛回家

把行李下貨艙，再上到新的飛機；將機艙的餐點下機，再重新送上新的飛機；乘客下機，再重新登機……這樣的過程耗費了許多時間，而原本的組員也因超過合法工時，無法執行任務飛回東京了。

調度中心找了舊金山基地的待命班空服員，來接替飛行去東京的勤務。朵莉她們這一組的組員們必須下機，在舊金山休息，然後次日才能飛。

然而此時，朵莉想的只有快回到東京，才能及時趕上畢業典禮。她告知調度中心，她選擇放棄合理工時，繼續工作。

「不要這樣吧！」同事們紛紛勸她，「我們已經在飛機上待超過快四個小時，而且接下來不知道何時會起飛，你這樣只會累壞自己。」

然而，母愛讓朵莉忘記了疲勞。也唯有如此做，她才能履行對孩子的承諾。

當新的飛機終於準備起飛時，已經是舊金山的晚上六點了。工作了幾乎快一整天，其實已筋疲力盡了，但是為了女兒，她還是打起精神，繼續服務旅客。

有乘客認出了朵莉。

「咦？你不是上一班的人嗎？怎麼沒有像其他空服員一樣去休息？」

「是因為……我和我女兒做了約定，所以不管再累，我都要趕回去……」朵莉解釋著，同時眼泛淚光。

飛行的十一個小時，讓朵莉感到如坐針氈。一想到小美沒有看到自己準時回家，一定會非常緊張又難過，她的內心就無法平靜。但是此刻她無能為力，只能帶著忐忑不安的心，完成這趟飛行。

**「媽咪，只要你平安回來就好。」**

終於，在日本的晚上十點鐘，飛機抵達了東京。

此時的成田機場已沒有任何航班可以起降。她錯過了最後一班飛向台北的班機。送走了乘客之後，朵莉打開手機一看，有三十通來自小美的電話！她實在無法想像女兒的失望與難過。

母性讓女人變得堅強，然而面對這樣的結局，她再也忍不住了，壓抑的情緒潰堤，讓她脆弱地嚎啕大哭起來。

她打電話給小美，邊哭泣邊說：「小美，媽咪真的對不起你，班機延誤了，我趕不上你的畢業典禮……」

電話那一端的小美反而安慰她：「媽咪，我以為我再也看不到你了！我好擔心，好難過，因為你都沒有接電話。媽咪，只要你平安回來就好。沒有辦法參加我的畢業典禮沒有關係啦！」

第二天一大早，朵莉搭了最早的班機回台北，儘管明知來不及，這次真的是錯過了，就永遠地錯過了。

這個「錯過」，成了母女倆心中的遺憾。然而，每個人的人生總難免會有遺憾，只有內心放下糾結和惋惜，讓自己可以泰然自若地去面對那些無法改變的失去和錯過，才有機會見到美麗的人生光景。

或許哪天再回想起來時，對於那曾經錯過的，能轉而投以釋懷的笑。

空中老爺的日常

# 通往機場的路

機場——一個充滿喜悅與悲傷、分離和團聚的天地，對大部分的人來說代表了快樂。

但是，如果你需要天天去機場，或是一個月要跑好幾次機場，那它還會是一個快樂的地方嗎？

## 珍妮的牽掛

年少的時候，珍妮走上了空服員這條路。十幾年前，由於工作基地的變遷，步入中年的珍妮成了搭飛機上下班的「越洋通勤族」。別人搭火車、搭捷運去上班，珍妮卻搭飛機，當然是人人稱羨。

然而，看似光鮮亮麗的背後，有著不為人知的辛酸。這條通往機場的路並不算長，卻帶給珍妮許多不捨與煎熬。

她的腦海裡浮現小學二年級的兒子寶弟說的話。

「媽媽，你這次要去飛十天喔？那十天就是明天的明天的明天的明天的……寶弟睡覺起床、睡覺起床，睡覺起床，九次就可以看到媽媽，是嗎？好久喔？要睡覺起床九次才可以看到媽媽。」

身為單親媽媽的珍妮心中有千萬個不捨，但日子總是要過。自己已經相當幸運了，到了中年，還可以保有這份空服員的工作，加上有相當不錯的薪水可以養家活口。就算通往機場的上班路不是太輕鬆，但這一切也值得。

車子快到機場了，她又回想起昨晚睡覺前，寶弟的話。

「媽媽，你什麼時候才能參加我的學校日？每次都是阿嬤帶我去，同學都以為阿嬤是我媽媽，這樣好奇怪喔！媽媽，我真的希望你可以去，我會乖啦！」

珍妮的心很糾結，她多想和一般的家長一樣，參加孩子學校的每一個活動，但是，有好多航班等著她飛行，去照顧其他的乘客。

把時間花在成就乘客的快樂旅程，對於自己的小孩卻沒有能力陪伴，珍妮心中充滿著歉意及感傷。通往機場的路，竟是如此難行……

## 老母親的叮嚀

城市的另一端，同樣在趕往機場的路上，已屆半百的中年大叔空中老爺，腦海浮現的是家裡老母親的感嘆：

「我十號要去醫院檢查，你會在吧？會陪我去醫院吧？」

「隔壁張媽媽的兒子下週要帶她去峇里島玩耶！你什麼時候才有空，陪你媽出國玩啊？」

「你要飛這麼多天喔？那什麼時候才回來啊！晚飯都是我一個人吃。你何時有空，和老媽吃頓飯啊？」

要不是已入中年，沒其他本事，誰想當外籍勞工，一天到晚在國外孤單寂寞地打拚？我也很想陪伴、照顧母親啊，但總是要工作賺錢，養家活口。

我很感恩，感謝還有這家公司願意賞口飯吃。所以，通勤搭飛機去東京上班雖然不輕鬆，但還是很慶幸自己有這份不錯的工作。

通往機場的路就算有再多的不捨與牽掛，還是得走下去。

## 愛是真正的家鄉

這天，和同事珍妮在機場巧遇。同為搭飛機上班的越洋通勤人，此時要面對的是候補機位的挑戰。

台北—東京的乞丐票，單趟是台幣一千六百元，為了與親人相聚，一個月下來少不了來回飛個三、四趟，所以也是不小的開銷。若不是薪水還算優渥，應該沒有人願意這樣奔波。

有時候順利地搭上了飛機，抵達東京後，當乘客都興奮地下機展開旅行時，珍妮和我卻必須以跑百米的速度衝去換裝、報到，接著飛行十多個小時的芝加哥航班。

但也有不幸運的時候，前往東京的飛機班班客滿，有時在機場航廈來回走了好幾遍，從一大清早到午後，每家航空公司都去候補，就為了等待一個可以去上班的機位。

在通往機場的路上，每個人都有自己的心情故事。不過，就算內心有再多的罣礙，這條路終歸是自己選的，無論再怎樣不順利、再如何疲累，日子還是要過，路還是要走。

因為有愛，所以讓人甘心受苦。飛遍大半個世界，那些不捨的親情、有家人存在的地方，始終才是我們心中真正的家鄉。

【後記】

# 空中老爺養成記

# 想飛

想飛的心是在我服兵役時就有的想法。那時在楊梅高山頂服役，站哨時，可以看到飛機從頭頂上方飛越，於是我開始幻想：這時空服員該要準備降落了吧？如果我就是空少，在飛機上服務多好？

退伍後，進入了飯店業，也做過航空公司地勤工作，但想飛的心從來沒有停止。只要有公司招考空服員，我一定報考，就算沒考的也毛遂自薦，然而，期待總是落空。

不過，我沒有因此就放棄。我告訴我自己：如果你認為你可以，那你就一定做得到！

## 第四次報考空服員……

一九九六年時，我第四次報考一家來自美國的航空公司。雖然已經失敗了三次，卻沒有澆熄我想當空少的心，而這一次，奇蹟發生了。

這家外商航空公司的考試，有一個很特別的「團體討論」項目。當時，我們一行大約二十人齊聚會議室，公司給的題目是：「什麼是一個空服員最該具有的特質？」給了十個選項，要求所有人在二十分鐘內從中討論出最重要的特質。

累積了多年的考試經驗，在整個討論過程中，我注意到幾個重點，比如：絕對不要雙手交叉，或是摸眼、摸鼻，要充分表現出很有信心的模樣，但不是高傲。

團體討論過程猶如電影《楚門的世界》，主考官就混在這二十人之中，而我們的每個動作都會被放大檢視。

我試著不要當前三個發言者，這有助我先觀察每個人說話的優、缺點，接著好好地表現自己。我也沒有大聲喊：「選我！選我！」但我留心注意到每個人，甚至眼神交會，這些極微小的動作將讓主考官或競爭者感受到我重視他們。我運用了許多讚美、肯定的正面詞彙，讓大家可以感受到我的誠懇。

## 終於入選了！

後來才曉得，這樣的小組討論模式，其實就是空服員行前會議的一種前哨班。如果行前會議是你一句我一句，大家都搶著表現、說話，互相不尊重，彼此攻訐，爭得面紅耳赤，那還有辦法快樂地飛行，服務乘客嗎？

這樣的考試方式，可以看出誰是最適合這家公司的人。

第四次來考空服員，最後，我終於入選了！

# 一顆青春痘，差點讓我飛不上天

入選後，必須做體檢。公司有合作的醫院和醫生，以確認入選者是否符合美國的空服員要求標準。

都已經到了體檢這一關，應該很輕鬆，我覺得等於是被錄取了，怎奈老天爺還是捉弄人。

考試的壓力，讓我在體檢當天長了一顆有點大的青春痘。就只是一顆青春痘啊！

怎麼會有什麼影響？——我當時是這樣想的。

然而，負責體檢的老醫生卻不這麼認為。

他說：「你臉上這個青春痘有可能是個爆炸物，如果去飛行，可能會在機艙裡面爆炸，造成危險！」

青春痘會……爆炸？

我對醫生說：「醫生，我一定要得到這份工作。如果最後因為這個原因而失敗，那我的空少夢也沒了。」

於是，老醫生要求我自費去某家大醫院做進一步的檢驗。

檢驗的結果，這的確只是青春痘，並不會在空中爆炸，我才總算通過了體檢。

眼前這條邁向空少之路，實在走得很不順利啊！

# 寒冬裡的訓練

一九九七年二月，在寒冬之中，我來到了公司位於美國芝加哥的總部，接受八個星期的空服員訓練。

離家那麼遠還是第一次，而且一去就是兩個月。但是來受訓，也不代表就可以當上空服員，在這段訓練過程中被淘汰的大有人在。

為期八週的上課期間，每星期都有考試，這也會刷掉不少人。因此，在那段訓練中心的日子裡，每天都是提心吊膽的。

所有受訓的學員，每個星期要飛一種機型；假日期間，則必須親自上機，進行「帶飛考核」，而用來考試的機型也五花八門。受訓期間，我們必須熟悉頭等艙、商務艙和經濟艙的服務流程，因為一個空服員，隨時隨地都需要具備在各個艙等服務的能力。

## 帶飛考核的挑戰

令我印象最深刻的便是「帶飛考核」了。

海軍陸戰隊要通過天堂路才算合格。而要正式成為一名空服員，則必須通過OJT（On Job Training）——「帶飛考核」這一關。這個挑戰對一個菜鳥空服員來說，就像咬牙爬過碎石子一樣艱難。

我的帶飛考核項目，是飛行一趟台北來回舊金山的七四七班機，在機上負責商務艙廚房的工作。第一次上機工作，什麼都很陌生，加上對這架飛機並不熟，在各方壓力之下手忙腳亂，完全失去了平日的鎮靜。幸好，當時有一些台籍前輩很幫忙，耐心地協助我走過了這條波折重重的天堂路。

## 機上的整人前輩

我所遭遇的「各方壓力」，也包括了無緣無故被刁難。這家美國航空其實沒有什麼前、後輩之分，但我卻遇到了一位仗著資歷欺負人的台籍前輩。

我正在廚房裡忙著時，突然聽到前輩對我招招手，說：「請你過來！」前輩有請，只能先放下手邊的事。沒想到當我走過去後，他竟然是對我說：「你去數數，這架七四七—四〇〇飛機有多少個窗戶。」

「啊？」我完全反應不過來。

他催促著我說：「啊什麼啊？現在快去數！」

你以為這樣就告一段落了嗎？那你就小看這位前輩整新人的功力了。

過了一會兒，他丟了一束經濟艙的杯子給我，考我：「不能數，直接回答我：這一束有多少個杯子？」

就連空服學校也不會考這些！所以我當然不回答，結果得到一頓辱罵。

幸運的是，此時，周遭都會出現貴人來幫我。其他的資深空服員看不過去了，會幫我講話、替我解圍。

## 正式成為空服員

回憶起那段時間，無論喜怒哀樂、好的不好的，都是帶飛考核經驗的一部分。至於那些喜歡整新人的前輩，幾年之後我再看到，他們也沒過得比較好。所以不愉快的經歷，就讓它過去吧！如此才能面對更好的下一段飛行啊！

就這樣，八週的受訓日子很快過去了，經過一關又一關的考試，我終於通過了訓練，沒有被刷掉。

真的不容易，我總算實現夢想，別上了這枚「空服員徽章」！

# 第一次「抓飛」，大開眼界

電話終於響了，是公司的組員派遣中心來電：「我們現在給你一個任務，是個六天班，ＩＤ九〇〇二，你要飛去香港，執勤八九〇航班，接著ＤＨＤ搭乘三一〇航班，再執勤八四五航班回台北。祝你旅途愉快！」

然後電話就斷線了。

什麼跟什麼啊？我完全沒搞清楚是怎麼一回事，電話就掛掉了。

這是我第一次「抓飛」，也就是第一次正式出任務。

## 任務代號：九〇〇二

在這家公司當空服員要相當獨立，常常得自己一個人跟好多外國人一起飛行。就像組員派遣中心的來電通知，公司只告訴我們要工作的航班。至於怎麼去、怎麼報到，得自己上公司的電腦查看。

ＩＤ是每個任務的代號，這趟飛行，公司給我的ＩＤ是九〇〇二，所以我是執行代號九〇〇二的勤務。但是，九〇〇二的勤務內容是什麼？不好意思，請你自己進電腦把任務找出來，解密之後就知道接下來的命運是怎樣的悲慘……喔，不，是怎樣精采！

感覺好像在當情報員啊！

解密之後，真相大白。為了展開為期六天的工作航程，我必須自己到中正機場票務處拿機票，搭機前往香港。出境後，有車接送到高級飯店休息十八小時，隔天加入八九〇航班的組員，在經濟艙服務，飛往洛杉磯。到了洛杉磯，又是讓車接送到五星級大飯店休息四十八小時，然後也有車送我到洛杉磯機場，以DHD（『死頭』，指不用工作的組員）的乘客身分搭乘自家的三二〇航班，飛到舊金山，在高級飯店休息十八小時，接著加入八四五航班的組員工作，回到台北。

高級飯店，禮車接送，高貴優雅的空服員走在機場，人人投以欣羨的眼光——這一切的一切，不正是電影情節嗎？

## 路是問出來的

第一次抓飛，你以為會有台灣的同事一起進行神祕的九〇〇二任務嗎？沒有。一個人，就是我孤獨地一個人去香港。

然而，在哪裡等車來接？飯店在哪兒？又要怎麼加入八九〇航班的組員？對於我這個鄉下孩子來說真是很大的挑戰。但無論如何，總有嘴巴可以問。雖然人生地不熟，但開口問，就一定可以找到答案，這樣的出勤過程也幫助我養成了獨立的性格。

## 待命班空服員的安慰

隔天，順利加入了八九〇航班的組員工作。組員們個個都是祖母級的空姐，對於當時是個害羞的小鮮肉，又是唯一的男性空服員的我，非常和藹可親，就跟對待自己的孫子沒兩樣。

首度飛行就飛長程，中場休息時，我第一次進入了傳說中「空服員的密室」——機艙裡的組員休息室。眼前的阿嬤空姐們，竟然就在我面前大方換起了睡袍！我趕忙轉過身，說了聲抱歉，阿嬤們卻說：「沒關係的，我們不介意。」但我很介意呀！

這次的飛行經驗非常愉快，除了飛去洛杉磯時，很受到阿嬤組員們的照顧，從舊金山飛回台北時，遇到了許多台灣組員，相處愉快。我的第一次，真的相當美好！

後來有五年的時間，我這個菜鳥都是待命班空服員，無法掌握自己下一分、下一秒會接到任務指派，臨時得飛去哪裡。這樣的日子，讓我心裡不時閃現不安與飄泊感，但是那第一次抓飛的愉快記憶，給了我極大的撫慰。

# 座艙長

## 脫離飄泊，立志考上座艙長

在有些航空公司裡，一個空服員要成為座艙長必須經過多年歷練，一步一步晉升。但是，我所服務的這個美商航空公司不一樣。

以往，我們都是看當班時誰最資深，誰就當座艙長，所以早期的座艙長只是錢多了些，卻少了點專業。

到了一九九九年，公司立了一個「座艙長資格考試」的新規定。也就是說，只有通過這項考試的人，值勤時才能擔任座艙長。

這對我來說有很大的吸引力。當時，資淺的我還屬於待命班空服員，日子很不安定，若能考上那個資格，成為少數合格的座艙長之一，從此就可以脫離待命班了！這是個全新的模式，沒有人曉得考核的標準到底是什麼，只知道在考試過程中，每個月一次的考核會刷掉很多人。而或許在當時，基於美商航空某種不成文的潛規則，被刷掉的又以亞洲人居多。儘管明知希望不大，我還是去參加考試。這家的空服員，我也是考了四次才上，沒在怕的！

那段考試的日子，我幾乎是天天緊張地拉肚子度過。二十個人去考，最後只有十一人通過，而我幸運地成了其中之一。

## 空服員二・〇進化版

其實座艙長也是人。與其稱座艙長，不如想成就是個「空服員二・〇進化版」。

我知道有的座艙長，頂著這個職稱就自以為了不起，上了機，什麼事都不做，遇到狀況也不願出面協助，推給組員。這些當然都不是座艙長該有的作為。

讓一個航程平安順利，服務順心，乘客和組員都快樂，這是我擔任座艙長近二十年來，一直在努力的。

# 空中老爺誕生了

第二十年了。

從對飛行滿是好奇的男孩轉變為歷練重重的中年男子，有些事情想忘也忘不了，有些記憶要挽留卻又顯得為難。

年輕的時候叫「空中少爺」。現在人老了，只能叫「空中老爺」。一路走來，自認始終保有著對航空服務業的熱情。

我用我在天空的高度，看這世界的寬度。

我也期許自己，用我體貼而敏銳的觀察力，認真地、溫柔地，替與我擦身而過的旅客，刻劃出他們令人難忘的身影，

希望藉由我的文字，喚起大家，一起創造出一個有「愛」的世界。

國家圖書館預行編目資料

空中老爺的日常／空中老爺著 --初版.--臺北市：寶瓶文化, 2017.3
面； 公分.--(Vision；144)
ISBN 978-986-406-079-5(平裝)

855 106001447

Vision 144

# 空中老爺的日常

作者／空中老爺

發行人／張寶琴
社長兼總編輯／朱亞君
副總編輯／張純玲
資深編輯／丁慧瑋
編輯／林婕伃・周美珊
美術主編／林慧雯
校對／丁慧瑋・劉素芬・陳佩伶・空中老爺
業務經理／黃秀美　企劃專員／林歆婕
財務主任／歐素琪　業務專員／林裕翔
出版者／寶瓶文化事業股份有限公司
地址／台北市110信義區基隆路一段180號8樓
電話／(02)27494988　傳真／(02)27495072
郵政劃撥／19446403　寶瓶文化事業股份有限公司
印刷廠／世和印製企業有限公司
總經銷／大和書報圖書股份有限公司　電話／(02)89902588
地址／新北市五股工業區五工五路2號　傳真／(02)22997900
E-mail／aquarius@udngroup.com

著作完成日期／二〇一六年十二月
初版一刷日期／二〇一七年三月八日
初版四刷+日期／二〇一八年四月三日

ISBN／978-986-406-079-5
定價／三〇〇元

AQUARIUS 寶瓶文化事業

# 愛書人卡

感謝您熱心的為我們填寫，
對您的意見，我們會認真的加以參考，
希望寶瓶文化推出的每一本書，都能得到您的肯定與永遠的支持。

系列：Vision 144　**書名：空中老爺的日常**

1. 姓名：＿＿＿＿＿＿＿＿　性別：□男　□女

2. 生日：＿＿年＿＿月＿＿日

3. 教育程度：□大學以上　□大學　□專科　□高中、高職　□高中職以下

4. 職業：＿＿＿＿＿＿

5. 聯絡地址：＿＿＿＿＿＿＿＿＿＿＿＿＿＿＿＿＿

   聯絡電話：＿＿＿＿＿＿＿＿　手機：＿＿＿＿＿＿＿＿

6. E-mail信箱：＿＿＿＿＿＿＿＿＿＿＿＿

   □同意　□不同意　免費獲得寶瓶文化叢書訊息

7. 購買日期：＿＿年＿＿月＿＿日

8. 您得知本書的管道：□報紙／雜誌　□電視／電台　□親友介紹　□逛書店　□網路　□傳單／海報　□廣告　□其他

9. 您在哪裡買到本書：□書店，店名＿＿＿＿＿　□劃撥　□現場活動　□贈書　□網路購書，網站名稱：＿＿＿＿＿＿　□其他＿＿＿＿＿

10. 對本書的建議：（請填代號　1. 滿意　2. 尚可　3. 再改進，請提供意見）

    內容：＿＿＿＿＿＿＿＿＿＿

    封面：＿＿＿＿＿＿＿＿＿＿

    編排：＿＿＿＿＿＿＿＿＿＿

    其他：＿＿＿＿＿＿＿＿＿＿

    綜合意見：＿＿＿＿＿＿＿＿＿＿＿＿＿＿＿＿＿＿＿＿

11. 希望我們未來出版哪一類的書籍：＿＿＿＿＿＿＿＿＿＿＿＿

讓文字與書寫的聲音大鳴大放

寶瓶文化事業股份有限公司

（請沿此虛線剪下）

| 廣　告　回　函 |
|---|
| 北區郵政管理局登記 |
| 證北台字15345號 |
| 免貼郵票 |

# 寶瓶文化事業股份有限公司　收

110台北市信義區基隆路一段180號8樓

8F,180 KEELUNG RD.,SEC.1,

TAIPEI.(110)TAIWAN R.O.C.

（請沿虛線對折後寄回，或傳真至02-27495072。謝謝）